dtv

Angela und Erich (die Eltern), Simon und Katrin (die Kinder) – sie sind das, was man eine Familie nennt. Doch Angela stürzt, führt das letzte Gespräch ihres Lebens mit einer Wollmaus und verabschiedet sich dann für immer. Erich joggt nun um sein Leben, Katrin flüchtet sich in eine verbotene Liebe und Simon beginnt zu schreiben, um eine neue Familiengeschichte zu erfinden.

Christopher Kloeble erzählt vom tragikomischen Schicksal einer Familie, die ebenso viel trennt wie zusammenhält. Eine Familie, in der ein roter Fleck gerne unter den Teppich gekehrt wird, ein Parfum namens *en passant* einfach nicht loszuwerden ist und ein gewisser Philipp Thelen den Gemütern – und vor allem Angela – keine Ruhe schenkt. Aber was bedeutet das eigentlich: Familie? Und reichen vier Einzelgänger überhaupt aus, um von einer solchen zu sprechen?

Christopher Kloeble studierte am Deutschen Literaturinstitut Leipzig. Beiträge von ihm erschienen u.a. in ›Die Zeit‹, der ›Süddeutschen Zeitung‹ und der ›taz‹. Er war Writer-in-Residence in Cambridge, in Bangalore und in New York. 2015 hat er die Max Kade Gastprofessur am Dartmouth College in Hanover (USA) inne. Für sein Debüt ›Unter Einzelgängern‹ wurde er mit dem Literaturpreis der Jürgen Ponto-Stiftung ausgezeichnet. 2009 erschien sein Erzählband ›Wenn es klopft‹. Sein Drehbuch ›Inklusion‹ wurde 2011 für BRalpha verfilmt und erhielt den ABU-Prize. 2012 veröffentlichte er den Roman ›Meistens alles sehr schnell‹. Er lebt in Berlin und in Delhi.

Christopher Kloeble

Unter Einzelgängern

Roman

Deutscher Taschenbuch Verlag

Von Christopher Kloeble sind im
Deutschen Taschenbuch Verlag weiterhin erschienen:
Wenn es klopft (24720)
Meistens alles sehr schnell (24901)

**Ausführliche Informationen über
unsere Autoren und Bücher
finden Sie auf unserer Website
www.dtv.de**

MIX
Papier aus verantwortungsvollen Quellen
FSC® C019821

2013 Deutscher Taschenbuch Verlag GmbH & Co. KG,
München

Umschlagkonzept: Balk & Brumshagen
Umschlagbild: gettyimages/George Diebold
Satz: Greiner & Reichel, Köln
Druck und Bindung: Druckerei C.H. Beck, Nördlingen
Gedruckt auf säurefreiem, chlorfrei gebleichtem Papier
Printed in Germany · ISBN 978-3-423-14278-6

Für Til
Für Carolina

ANGELA

8

Sie schrie. Doch es hörte sich nicht triumphierend an, wie sie gehofft hatte, eher zögerlich. Fast ängstlich. Der nächste Versuch gefiel ihr schon besser, obwohl er rascher verhallte als die gewöhnlichen Laute in der Wohnung. Und dann, beim dritten Anlauf, drückte sich endlich ein richtiger Schrei kratzend durch ihren Hals, platzte aus ihrem Mund, klingelte fantastisch in ihren Ohren. So perfekt fühlte er sich an, wie die Geburt eines neuen Wortes. Ein angemessener Freudenklang; schließlich bestand Simon nicht alle Tage eine Prüfung. Jede funkelnde Swarowskirobbe auf dem Edelstahlregal oder der Geruch von Bohnerwachs, unterlegt mit Duftkerzenaroma, selbst der Staubfänger Nummer eins, ein gläserner Abstelltisch neben der Eingangstür: Alles schien vertrauter als sonst.

Unter dem Sekretär im Flur entdeckte sie eine Wollmaus – ohne zu blinzeln starrte sie den Dreck an, und lächelte. Kein Lappen, kein Besen. Dort konnte man auch noch ein andermal putzen. Heute zählte allein Simons Erfolg; die letzte Hürde war genommen, das Studium in Leipzig begann somit noch diesen Herbst, der Merlot stand zum Anstoßen bereit. Kaum eine halbe Stunde trennte sie mehr davon, ihren Sohn zu umarmen.

Eben wollte sie den Schlüssel abziehen, als es an der Tür läutete. Das konnten unmöglich schon Simon und Katrin sein; ein Blick auf die Wanduhr neben dem Sekretär verriet ihr, dass es erst elf Uhr war. Während sie den Einkaufskorb auf einem Bein balancierte, versuchte sie, den Hörer der Sprechanlage abzunehmen. Gerade als sie ihn zwischen Schulter und Kopf geklemmt hatte, rutschte der Fußabtreter unter ihrem Standbein weg, sie verlor das Gleichgewicht, die Einkäufe verteilten sich auf dem Parkett und zwei Tomatendosen rollten klackernd über die Treppenstufe, die vom Eingangsflur ins Wohnzimmer führte. Im letzten Moment bekam sie den Hörer zu fassen, das Kabel spannte sich, knackste dort, wo es in der Sprechanlage verschwand, und dehnte sich noch etwas mehr. Sie griff mit der zweiten Hand zu und zog, um ihr Gleichgewicht wiederzuerlangen; es kostete sie unnatürlich viel Kraft, als wehrte sich ihr Körper dagegen. Sie stöhnte leise und wollte mit der anderen Hand übergreifen, da riss das Kabel mit einem trockenen, flüchtigen Laut aus der Wand, sie streckte sich, verlagerte ihr Gewicht nach hinten, um dem gläsernen Abstelltisch auszuweichen, und prallte seitlich aufs Parkett.

7

Als sie die Augen öffnete, war es dunkler. Hatte sie geschlafen? Neben dem geöffneten Fenster, am anderen Ende des Zimmers, winkte ihr müde der Vorhang zu.

Draußen hörte sie den Wind und stellte sich vor, wie er mit Blättern jonglierte und Bäume sich gegen ihn stemmten. Hitze überfiel ihr Gesicht und Kribbeln breitete sich auf ihrem Kopf aus. Es läutete ein weiteres Mal. Sie wollte einen Arm heben, um sich aufzustützen – nichts rührte sich.

Sie lag.

Um sie herum verstreut ruhten die Einkäufe. Eine Flasche Olivenöl hatte die Erdbeeren erwischt, rosa Flüssigkeit füllte die Ritzen im Parkett, es roch stark nach Hackfleisch. Und die Butter, ein deformierter, golden glänzender Klumpen nah an ihrem Kinn, verdeckte alles, was sich unterhalb ihrer Nasenspitze befand. Ein Stück weiter hinten tanzte die Wollmaus im Luftzug, wie ein Skelett zogen sich Haare durch ihren flaumigen, regenwolkenhaften Körper, ein Brotkrümel und ein schwarzer Fussel bildeten schielende Augen, ein unförmiges, klaffendes Loch darunter den Mund.

»Wusstest du? Zweiii Drittel aller Unfälle passieren im Haushalt.«

Sie konzentrierte sich darauf, ihre Beine zu bewegen; vor Erschöpfung liefen ihr Tränen über die Wangen.

»Kleiiin anfangen! War auch mal ein Staubkorn.«

Ruhig, auf die Atmung achten, wie beim Walken, langsam. In Gedanken wanderte sie über ihren Kopf, glitt ihren Hals hinab, balancierte das Schlüsselbein entlang, rutschte über die Schulter, den Ober- und Unterarm, bremste auf dem Handrücken ab und befahl ihrem Zeigefinger, sich zu rühren. Zeigefinger, Zeigefinger, gottverdammter Zeigefinger, nur ein kleines Signal, wenigstens ein Zucken – geschah etwas?

Die Wollmaus vollführte eine Pirouette. »Sieht üüübel aus.«

Die Kinder mussten jede Minute eintreffen. Sie würden sofort herbeieilen, ihr unter die Arme greifen und vorsichtig aufhelfen.

»Tyyypisch. Immer Hoffnung, Hoffnung, Hoffnung. Selbst beiiim Verrecken.«

Etwas Eis auf den Hinterkopf, einen Schluck Rotwein und fünf Minuten Ruhe, mehr bräuchte sie nicht.

»Pass auf!« Die Wollmaus schlug einen Salto nach dem nächsten. »Hoffnung ist bloß eine Erfindung von Verliiierern.«

Hoffnung ist menschlich – so hatten stets die einleitenden Worte ihres Großvaters gelautet, wenn er ihr, gegen den Willen der Eltern, vor dem Schlafengehen noch ein Erlebnis aus zwei durchlittenen Weltkriegen geschildert hatte.

»Und *menschliiich* ... bedeutet das nun gut oder schlecht?« Die Wollmaus sprang hoch in die Luft und landete grazil neben der Butter. »Angeliiinchen! Du hoffst doch jetzt nicht etwa auf deinen menschlichen Ehemann und eure zwei wunderwundervollen Kinder?«

Sie holte tief Luft und blies. Kopfüber wurde die Wollmaus durch den Flur davongetragen, endlich war es still. Da erschien die schmutzige Grimasse direkt vor ihrem linken Auge, der unförmige Mund wuchs zusammen und verdichtete sich zu einem krausen Strang: ein Lächeln. »Erinnerst dich anscheinend nicht mehr, was vorletzte Woche war! Wollen doch mal sehen, wer hier glüüücklich ist.« Dann zersprang sie in tausend Staubpartikel, brannte in ihren Augen, strömte ihr in Mund, Nase, Ohren, wirbelte in ihrem Kopf und zog sie heiser lachend in einen Strudel aus fließenden Bildern herab, ein vertrautes Gesicht flog vorüber, Erichs erwartungsvolle Miene, hallend rief er ihren Namen und applaudierte, mit Händen, die sich ihr entgegenstreckten, ihren Körper packten und umfassten und in eine längst vergangene Stunde schleuderten.

6

Es ist ein Mittwoch, ein Tag, irgendwie dazwischen: Donnergrollen ohne Regen; schwül, jedoch mit vereinzelt heftigen Windstößen; anhaltend grelles Licht trotz dichter Wolkendecke. Sie steht an eine Wand gelehnt im Wohnzimmer und räuspert sich zu oft; sie trägt hochhackige Lederstiefel und ein kirschrotes Kleid mit schwarzen Spitzen an den Armen, Oberschenkeln und am Dekolleté. Die Klavierübungen des Mieters nebenan drücken die unbehagliche Stille ein wenig beiseite. Dass die Kinder nicht kommen konnten, denkt sie, ist verständlich, sie sind flügge, erwachsen, leben jetzt ihr eigenes Leben, niemand kann von ihnen verlangen, wegen jeder kleinen Feierlichkeit extra ihr Studium zu unterbrechen und stundenlang mit dem Zug unterwegs zu sein; es ist wirklich nicht so schlimm. Aber es wäre schön gewesen.

Mit dem johlenden »Soooooo!« eines Stadionsprechers bringt Erich endlich die Geburtstagstorte und sie stellen sich vor den Esstisch. Von oben betrachtet, gleicht die Marzipantorte mit ihrer bunten Fünfundvierzig aus Zuckerguss und dem Kreis roter, flackernder Kerzen einem Verkehrsschild. 45 – eine Zahl, die sie an der Orangenhaut ihrer Oberschenkel spüren und am Dioptrienwert ihrer neuen Brille ablesen kann. Fünfundvierzig – die endgültige Warnung vor der Fünfzig. Nicht Neunundvierzig, nein, *Fünf*undvierzig ist das letzte Etappenziel vor dem Endspurt ihres Lebens. Fünfundvierzig ist ein Vorgeschmack auf zehn Jahre in Begleitung einer Fünf, eine Gratiskostprobe des Alters.

Sie stiert gebannt den Zuckerguss an, bis Erich sie stupst und auffordert, die Kerzen auszublasen. Es sind nur zwanzig Stück, und sie benötigt drei Anläufe. Erst als Erich sie an der Hand nimmt und hinter sich herzieht, bemerkt sie, dass sie vergessen hat, sich etwas zu wünschen. In der Küche erwartet sie ihr Geschenk: ein schwarz lackierter Kühlschrank, der die Hälfte des Raumes einnimmt.

»Tatatataaa!«, macht Erich.

Mit missionarischem Eifer demonstriert er ihr die Funktionen des amerikanischen XM 9000, deutet hierhin und dorthin und klappt auf und klickt und drückt. In einen Leerraum unter den Gemüseschubladen kann man einen kompletten Kasten Bier schieben – zwanzig Flaschen! Es gibt acht unterschiedliche Kältestufen, von *Cool* über *Freezing* bis *Arctic*. Ein in die Türen integrierter Automat produziert zerschlagenes Eis oder Eiswürfel sowie Sodawasser.

»Für Cocktails«, erläutert Erich, steckt sich einen Eiswürfel in den Mund und kaut ihn knirschend.

Sie räuspert sich. »Verdirb dir nicht den Magen.«

»Na?«, fragt Erich. »Und? Gefällt er dir?«

Heute Nacht wird sie nicht mit ihm schlafen. Um Erich nah an sich heranzulassen, muss sie zuerst diesen erwartungsvollen Gesichtsausdruck verdrängen, und das dauert ein paar Tage. Außerdem lässt nicht allein seine Mimik zu wünschen übrig. Sie kann sich nicht daran erinnern, wann ihr erstmals aufgefallen ist, dass seine Brüste mittlerweile mit ihren konkurrieren können. Nichts würde gegen eine Stunde Schwitzen an frischer Luft sprechen, das Isarufer entlang Richtung Norden, über den Staudamm, das Isarufer entlang Richtung Süden, über die Brücke und wieder nach Hause. Sobald sie Erich jedoch ermuntert, sie wenigstens einmal beim Walken zu begleiten, weist er auf seine harte, beschwerliche, kräftezehrende Arbeit hin. »Da sitz ich zwar nur, aber du weißt schon. Ich bin nicht mehr in einem Alter, in dem ich ...« Dem Rest des Satzes schenkt sie keine Beachtung mehr und vervollständigt ihn stattdessen für sich: ... *in dem ich auf dich eingehen muss ... in dem ich nach der Arbeit Interesse für Hausarbeit heucheln muss ... in dem ich länger als bis zum Orgasmus durchhalten muss ... in dem ich dir sagen muss, dass ich dich liebe.* Selbstverständlich sind das nicht seine Worte. Solche Worte benutzt Erich nicht; er trägt sie bloß mit sich herum, vermutlich weggesperrt von einer Abteilung seines Verstandes namens Vernunft; eine äußerst einflussreiche Abteilung bei Erich. Einmal im Monat, meist sonntags, telefoniert er mit den Kindern, gibt den Hörer jedoch immer binnen weniger Minuten weiter; einmal im Monat überweist er ihnen genügend Geld, damit sie neben dem Studium nicht gezwungen sind zu arbeiten; einmal im

Monat streitet er mit ihr darüber, ob er all seine Pflichten als Vater erfüllt. Weder liest er Simons Kurzgeschichten, noch hat er sich an Katrins Wohnungssuche beteiligt. »Ich lese doch sonst auch keine Bücher; mir fehlt der Zugang zu so was«, verteidigt er sich gegen den ersten Vorwurf, »wir haben ganz unterschiedliche Geschmäcker«, gegen den zweiten. »Du kannst das besser«, fügt er gerne und oft hinzu. Obwohl er weiß, dass sie das weiß. An keinem Tag seit ihrem ersten positiven Schwangerschaftstest hat sie daran gezweifelt, dass sie ihren Job als Mutter vorbildlich erfüllt. Mit Herzblut. Sie hat ihren Kindern die Windeln um drei Uhr nachts gewechselt. Sie hat Simon aufgeklärt (Katrin war schon mit elf ein Bravo-Fan). Sie hat beide getröstet, mit zärtlichen Berührungen, einfühlsamem Nicken und großen, verständnisvollen Augen. Sie hat Simon ermutigt, sich bei einer Schreibschule in Leipzig zu bewerben. Sie hat Katrin ausgeredet, einen gut gebauten Professor mit Vollbart und Ehering auf ein Abendessen mit Kerzenlicht einzuladen, um sich, wie ihre Tochter behauptete, über ihre Karriere als zukünftige Deutschlehrerin zu unterhalten. Sie hat Simon, manchmal aber auch Katrin, vor bornierten Lehrern, streitsüchtigen Kindern oder Erich verteidigt; sogar vor sich selbst. Sie ist eine verflucht gute Mutter. Und Erich – Erich ist nur Vater.

Das erkennt sie einmal mehr in seiner selbstgefälligen Miene, während er die Kühlschrankpräsentation fortführt. Zu seinem Glück gelingt es ihr, die Wut dort zu verbergen, wo sie nicht auffällt: hinter der Vorfreude auf ein Dinner in der Einbachmühle, einem Restaurant gleich gegenüber, mit Kerzenlicht, Sekt und dem ganzen Drumherum. Monate scheint es her zu sein, dass sie mal kein Abendbrot zubereitet hat, um es gemeinsam mit Erich während der Tagesschau zu vertilgen. Die Absatzstiefel an ihren Füßen fühlen sich so fremd an, als stünde sie auf Stelzen.

»Und das Beste ist«, ruft ihr Mann und klatscht in die Hände, »den alten übernehmen die vom Elektromarkt. Haben mir dafür drei Prozent Rabatt gegeben – gefällt er dir?«

»Ja, er gefällt mir, Erich. Er gefällt mir. Aber, sag: Wann haben wir das letzte Mal Cocktails getrunken?«

»Oh, es gibt so viel, das wir noch nicht ausprobiert haben«, sagt er nun in einem beunruhigenden Tonfall, greift ihr von hinten an den Busen und drückt sich gegen sie.

»Nicht jetzt.«

Plötzlich muss sie aufstoßen, schubst ihn beiseite, rennt ins Bad und beugt sich über die Toilettenschüssel.

Klopfen an der Tür. »Alles in Ordnung?«

Sie würgt, doch ihr Magen ist leer; sie wollte sich den Appetit fürs Restaurant aufsparen. Erschöpft streckt sie ihren Körper auf dem Duschvorleger aus und wünscht sich zu erbrechen und wundert sich darüber.

»Bestell was vom Chinesen!«, ruft sie Erich durch die Tür zu.

»Geht's dir gut? Kann ich helfen?«

Sie hört genau hin; wenn sie wirklich wissen möchte, was ihr Ehemann denkt – und nicht, was er meint –, muss sie auf die Zwischentöne achten. Und in diesem Moment, am Abend ihres fünfundvierzigsten Geburtstags, verraten sie ihr, dass ihr Vorschlag Erichs Stimme fröhlich klingen lässt. Dass ihm nichts lieber wäre, als den Restaurantbesuch abzublasen. Dass er noch während des Hauptgangs vorschlagen würde, das Dessert daheim zu genießen, es sei ja nicht weit, und zudem günstiger.

Erneutes Pochen. »Schatz? Soll ich reinkommen?«

Sie verriegelt die Tür. »Bestell mir eine Suppe mit, ja? Etwas Mildes.«

»Bist du dir sicher? Es ist dein Geburtstag.«

In einer anderen Familie sind das womöglich die liebenden Worte eines besorgten Ehemannes – es ist dein *Geburtstag*! Doch in diesem, in Erichs Fall sind sie nur ein schulterzuckendes Okay – es ist *dein* Geburtstag.

»Angela?« In der Küche fällt etwas scheppernd zu Boden. »Wo hast du denn die Nummer vom Chinesen?«

Sie wäscht ihr Gesicht, trocknet sich danach ab und wirft noch einen Blick in den Spiegel. Seit wann hat sie eigentlich diese Falten im Gesicht, die ihre Mundwinkel nach unten ziehen?

»Angela, hörst du mich?«

Und wie sie ihn hört! Was macht sie eigentlich noch hier? Chinesisch? Klebriges Hühnchen süß-sauer? Nicht heute, teufelnochmal, nicht heute. Sie putzt sich die Zähne, sie pudert die Wangen, trägt Lippenstift und Wimperntusche frisch auf, zieht Augenbrauen nach und verteilt *en passant*, ihr Lieblingsparfüm, auf ihrem Hals. Heute gibt es einen vermaledeiten Geburtstag zu feiern, fünfundvierzig Jahre Angela, und sie wird ihn feiern, mit Lachscarpaccio und Entenbrust und Rinderfilet und dem aufwendigsten, teuersten Dessert, das auf der Speisekarte zu finden ist.

»Schatz?«

Ihre Hand berührt fast die Türklinke.

»*Angela!*«

Dann legt sie sich mit Kleid und Absatzstiefeln in die Badewanne, schaltet mit dem einlaufenden Wasser Erichs Rufe ab und taucht unter.

Dort ist es angenehm warm und still.

5

»Scheiiiße, was für ein entzückend menschlicher Mann! Auf so einen zu hoffen, lohnt sich natürlich!«

Sie riss die Augen auf, Tageslicht stach nach ihr. Sie war wach, sie war wach, noch immer im Eingangsflur. Soweit sie das beurteilen konnte, hatte sie ihre Haltung überhaupt nicht verändert. Der Wind blähte den Vorhang im Wohnzimmer auf und strich sachte über ihre Haut. Das kitzelte, und Kitzeln, das war doch ein gutes Zeichen.

»Von wegen!« Die Wollmaus war nirgends auszumachen. »Deine Nerven sagen nur tschüssiii.«

Ein Stechen, das von Innen kam, wanderte ihre Wirbelsäule entlang; sie sog scharf die Luft ein.

»Unangenehm, hm? Wir müüüssen uns beeilen! Als Nächstes nehmen wir uns deine lieblichen Sprössliiinge vor.«

4

Alle Schatten im Schlafzimmer zittern. Bis auf einige weiße und rote Kerzen auf dem Fenstersims brennt kein Licht. In das Geburtstagsgeschenk ihrer Tochter gezwängt, ein enganliegendes, schwarzes Negligé, liegt sie auf ihrem Bett, während Katrin, gehüllt in einen pinkfarbenen Bademantel, soeben die dritte Flasche Prosecco entkorkt und ihnen nachschenkt, bevor sie neben ihr im Schneidersitz Platz nimmt.

»Ich sehe aus wie eine Robbe«, spricht sie in ihr Sektglas; die platzenden Bläschen kitzeln an ihrer Nasenspitze.

Katrin verdreht die Augen. »Jetzt ist aber Schluss! Du bist schön, hörst du, schön! Für fünfundvierzig sogar richtig sexy.«

»Das ist ein Widerspruch in sich.« Sie zupft am seidenen Stoff. Wirklich hübsch findet sie sich ab dort, wo er endet; ihre schlanken, muskulösen Waden scheinen nur halb so alt wie der restliche Körper.

Katrin stupst sie an. »Und ihr habt echt nur chinesisch gegessen und einen Film geguckt?«

Ihre Tochter ist offenbar das letzte weibliche Wesen auf der nördlichen Hemisphäre, das noch an eine perfekte Ehe glaubt. Woher Katrin diese Idee hat, ist ihr unerklärlich.

»War ein guter Film. *Dolores* – kennst du den?«

Durch die Wand dringt Schnarchen. Beide kichern.

»Legt er sich jetzt immer so früh hin?«, fragt Katrin und leert ihr Glas in einem Zug.

»Nur wenn du zu Besuch bist.«

»Vielleicht sollten wir ihn mal fragen, ob er sich zu uns setzen will?«

»Katrin«, sagt sie und schenkt nach, bis der Prosecco schäumend auf die Matratze tropft, »du willst deinen Vater bitten, mit seiner Tochter und seiner Frau bei Kerzenlicht über Beziehungen zu quatschen?«

Katrin nickt.

»*Dann möchte ich jetzt gerne wissen, wer Sie sind! Was haben Sie mit meiner Tochter gemacht? Wo ist sie!*«

Ihr beider Lachen ist so schallend, für einen Augenblick übertönt es sogar das Schnarchen von nebenan.

»Auf dass wenigstens du eines Tages deinem Traumprinzen begegnest!«, tönt sie feierlich und stößt ihr Glas gegen Katrins, deren Mundwinkel kaum merklich zucken, ehe sie entgegnet: »Auf dass du *deinen* Traumprinzen eines Tages wach küsst!«

Diesmal nippen sie nur an ihren Gläsern. Sie macht *Aaah*, Katrin *Mmmh*. Das gefrorene Lächeln ihrer Tochter erinnert an Stewardessen. Auf einmal ist Erichs Schnarchen so krachend, als liege er zwischen ihnen.

»Es gibt da jemanden«, sagt Katrin, ihre türkis lackierten Fußnägel musternd. »Deswegen war ich auch zur Geburtstagsfeier nicht da.«

»Doch nicht wieder der Fahrlehrer mit den schiefen Zähnen!«

»Marco ist ein prima Kerl.«

»Ja, wenn du Zahnärztin werden willst.«

»Keine Sorge, wir haben uns schon ewig nicht mehr gesehen. Ich darf dir aber sowieso nicht verraten, wer es ist.«

»Wieso nicht?«

»Er hat's mir verboten.«

»Dann magst du ihn mehr als er dich.«

»Häh?«

»Einer von beiden liebt den anderen immer mehr.«

»Binsenweisheit.«

Das hat fieser geklungen als gemeint. Sie versteht das; Katrin verträgt eben nicht viel – weder Belehrung noch Prosecco.

»Wirst schon noch sehen«, murmelt sie und meint es auch nicht so.

Katrin stellt ihr Sektglas ab. »Wen liebst du mehr, Simon oder mich?«

»Das ist was ganz anderes.«

»Nur so aus Interesse – Simon oder mich?«

»Liebling, lass uns das Thema wechseln.«

Das *Ts*, mit dem Katrin vom Bett rutscht und ihren Bademantel fester um die Hüfte schnürt, ist leise und doch nicht zu überhören. »Muss aufs Klo.« Sie stakst davon und wirft die Tür hinter sich zu.

Besser Katrin lernt es auf diese Weise, als durch ein Vierteljahrhundert Ehe. Sie selbst weiß nur zu gut, wie es ist, jemanden mehr zu lieben, als von diesem geliebt zu werden. Da ist ihr Ehemann. Da sind ihre Kinder. Und da ist dieser blutjunge Knabe, der ihr peinliche Briefe schreibt. Vor ein paar Wochen haben zwei Hilfskräfte eines Tölzer Schreiners, ein mundfauler Geselle und ein hübscher Azubi, alle Parkettleisten in der Wohnung durch neue ersetzt. Zunächst schien der Azubi rein zufällig jeden Tag im selben Zimmer zu werkeln, in dem sie Fenster putzte oder Karotten schnippelte; er wirkte freundlich, interessiert und richtete ganz ungeniert Fragen an sie, etwa wie lange sie schon verheiratet sei oder ob sie sich noch immer jeden Abend auf die Heimkehr ihres Ehemannes freue. Am letzten Arbeitstag überreichte er ihr dann einen Strauß aus siebenunddreißig blutroten Rosen – siebenunddreißig! – und lud sie zum Essen ein. Sie bedankte sich verlegen und fragte ihn nach seinem Alter. Er behauptete: zwanzig. Bei dieser offensichtlichen Lüge musste sie schmunzeln, was er als Zusage deutete, ehe sie in einem herzlichen, mütterlichen Tonfall erklärte: »Mein Lieber, du willst doch nicht wirklich mit mir ausgehen.«

»Nein?«, hauchte er stimmbrüchig.

»Nein«, fuhr sie kopfschüttelnd fort und gab ihm den Strauß Rosen, nachdem sie den herb-süßen Duft ein letztes Mal tief eingesogen hatte, widerstrebend zurück, »du willst ein nettes, junges Mädchen ins Kino begleiten.«

Wie sehr sie sich damit geirrt hat! Seit jenem Tag füllt er seitenweise Briefpapier mit weltfremden Fantasien – und adressiert das Ganze auch noch an sie! Immer dreht es sich um sie beide. Um sie und ihn, Angela und Philipp auf einem einsamen, paradiesischen Fleckchen Erde, in einer heimeligen Waldhütte, unter einer kuscheligen Wolldecke. Sie beide und die Liebe. Die Liebe und sonst nichts. Alle seine Briefe wirft sie in den Müll. Nachdem sie einen Blick darauf geworfen hat, einen kurzen Blick; das kann wohl kaum schaden. Sie kennt die korrekte Bezeichnung für einen solchen Menschen: Philipp Thelen ist ein Stalker. Und ein ausgesprochen hartnäckiger noch dazu. Schließlich geht das schon seit Wochen so. Trifft sie ihn vor der Haustür an, ignoriert sie ihn, spricht kein Wort zu ihm. Hört nur ein bisschen zu; er schildert ihr zarte, romantische, liebenswert naive Wünsche: nur eine gemeinsame Nacht, nur einmal ein Antwortbrief, nur ein entzücktes Wort von ihren Lippen, nur eine Tasse Kaffee beim Bäcker, nur ein Plausch bis zum Tengelmann, nur ein Blick. Nur ein einziger Blick.

Sie weiß, was sich gehört. Sie sieht zu Boden. Sie ermutigt Philipp Thelen nicht. Sie lässt ihn nicht ins Haus. Sie erzählt niemandem von ihm. Sie weigert sich, an ihn zu denken. Aber sie träumt von ihm. Sie träumt oft von ihm. Sie hat schon lange nicht mehr von einem jungen Mann geträumt.

Katrin rauscht zurück ins Schlafzimmer, sie trägt Jeans und Rollkragenpulli. »Hast du meine Handschuhe gesehen?«

»Wieso? Was ist los?«

»Ein Freund hat mich eben angerufen, ich muss nach München.«

Sie setzt sich auf. »Jetzt noch?«

Für eine Sekunde treffen sich ihre Blicke; Katrins Augen sind gläsern, feucht. »Die müssen hier irgendwo sein ...« Sie zieht die Nase hoch, wühlt im Kleiderschrank, geht in die Knie und sieht unters Bett.

»Kannst du nicht bis morgen warten?«, fragt sie, greift in die Taschen von Katrins Wintermantel, der über einem Stuhl hängt, und hält ihr die Wildlederfäustlinge hin.

»Ach«, sie schnappt sie sich, »danke.«

Fünf Minuten später stehen sich beide am Hauseingang gegenüber. Im gelborangen Licht der Straßenlaternen erinnert ihr Atem an Rauch. Katrin tritt nervös von einem Fuß auf den anderen, ähnlich einem wippenden Tanz.

Sie hat sich Erichs Anorak übergeworfen. »Willst du

nicht doch lieber bleiben?« Ihren flehenden Tonfall findet sie abscheulich. »Wer meldet sich denn so spät bei dir?«

»Mama!«

»Es ist nur ... gib wenigstens zu, dass dich niemand angerufen hat.«

Katrin trampelt auf der Stelle. Das hat sie zum letzten Mal gesehen, als ihre Tochter mit elf dagegen protestierte, dass ihr Lockenkopf gekämmt wurde. Bei dem Anblick zieht sich das Negligé zusammen, schneidet in ihre Hüfte ein und schnürt ihr die Luft ab.

»Wenn du so allwissend bist, warum hast du ihn dann geheiratet?«, fragt Katrin.

»Was meinst du?«

»Weißt du ganz genau. Ihr hasst euch! Wieso seid ihr zusammen?«

»Wir hassen uns doch nicht«, sagt sie, als müsste sie ein Missverständnis aufklären. »Wir haben einfach nur unser halbes Leben miteinander verbracht.«

»Aber«, setzt ihre Tochter an und hält inne. Wendet sich dann zum Gehen.

Sie ruft: »Katrin!«

»Jaha.«

»Ich liebe euch beide«, flüstert sie, »ich liebe Simon. Aber dich liebe ich genauso.«

Mit Pokermiene nickt ihr Katrin zu und sagt in einer Lautstärke, in der Urteile verkündet werden: »Noch mal alles Gute zum *Fünfundvierzigsten.*« Jede der Silben akzentuiert ihre Tochter auf besonders abgehackte Weise, sodass sie noch in ihrem Kopf nachhallen, als die Nacht Katrin am Ende der Buchenerstraße längst verschluckt hat.

3

»Heut feiern wir Ab-schieds-tag, juchhe, *juchhe*! Heut feiern wir Ab-schieds-tag, juchhe, *juchhe*!«

Obwohl – oder gerade weil? – sie bewegungslos lag, kam es ihr vor, als würde sie tief in sich hineinkriechen, in ihrem Innersten Zuflucht suchen. Dort, wohin sich die Freude über Simons Erfolg verkrochen hatte. Sie konnte es kaum erwarten, ihn zu begrüßen. Wie gut er immer aussah, wenn er glücklich war. Und wie selten er es leider war.

»Schlaues Mädchen! Zu iiihm wollte ich auch gerade kommen. Der letzte Punkt auf unserer Liiiste. Du wirst sehen: Es gibt keinen Itziwitzigrund, hier noch länger durchzuhalten. Kommst bestimmt eh in den Hiiimmel. So stiiinklangweilig wie dein Leben war.«

Nach ihrer Genesung würde sie als Erstes die Wohnung gründlich durchwischen und zudem jede Ritze, Ecke, Latte, Nische, jeden gottverdammten Millimeter der Wohnung wienern, wenn nötig auf Knien, bis kein, aber auch gar kein Staubkorn mehr übrig wäre.

»Oh neiiin, Verehrteste!« Die rasselnde Stimme dröhnte fern und nah und in ihrem Kopf. »Heute bist du dran.«

2

Die Tinte ist königsblau, das Papier hauchdünn, beinahe durchsichtig, und die Handschrift so schnörkelig, als habe der Verfasser im neunzehnten Jahrhundert schreiben gelernt. *Sah ein Knab' ein Röslein stehn*, liest sie an diesem Morgen am Briefkasten, *Röslein auf der Heiden,* und da sie für solch kurze Ausflüge in den Hausflur nur in ihren Bademantel schlüpft, *War so jung und morgenschön,* friert sie zwar, *Lief er schnell es nah zu sehn,* rührt sich jedoch nicht von der Stelle, *Sah's mit vielen Freuden,* hüpft aufgeregt von einer Zeile zur nächsten wie eine Fünfundzwanzigjährige, nein, eine Fünfzehnjährige, *Röslein, Röslein, Röslein roth,* zerknittert das Papier in ihrem festen Griff, *Röslein auf der Heiden*, und weicht es mit ihrem Handschweiß auf.

Philipp Thelen.

Wieder in der Küche denkt sie schon überhaupt gar nicht mehr an ihn. Erich wünscht ihr gähnend einen guten Samstagmorgen, setzt sich an den Küchentisch und schlägt die Süddeutsche auf. Während sie ihm eine Tasse Kamillentee einschenkt, erzählt sie ihm, dass Katrin noch mitten in der Nacht zurück nach München gefahren ist.

Keine Reaktion.

Philipp Thelen.

Im Wohnzimmer schaltet sie das Radio ein, lässt sich in den beigen Sessel am Fenster fallen, ihr Lieblingsplatz, und flüchtet mit ihrem Blick nach draußen. Der Moderator, ein näselnder Germanist und Literaturkritiker, bespricht soeben ›Du, gestern‹, den lang erwarteten, neuen Roman eines renommierten Berliner Autoren. Eigentlich interessiert sie sich nicht für Literatur, zum Lesen mehrerer hundert Seiten Text findet sie nur die Zeit, falls sie von ihrem eigenen Sohn produziert wurden, doch eine Erwähnung lässt sie aufhorchen: Schreibschule. Dort wird dieser Autor ab diesem Herbst zwei Semester lang lehren, derselbe Ort, für den sich Simon vor einigen Wochen beworben hat – dank ihrer Ermutigung.

Manchmal wirkt die Vorstellung, dass Simon in Leipzig ganz auf sich allein gestellt lebt, furchtbar beängstigend auf sie. Ihr Junge ist und bleibt einer von den Introvertierten; bereits seine Kindergärtnerinnen haben ihm den Spitznamen Lakoniker gegeben, da er, anstatt mit anderen Buben im Sandkasten zu spielen, lieber eine Burg in der Klötzchenecke errichtet hatte. Um sich herum. (Sein von Erich noch heute mit großer Hingabe zitierter Vorwurf, insbesondere sobald Gäste zu Besuch sind: »Die anderen Kinder schwätzen soooo viel!«) Und diese Klötzchenburg hat Simon nie wirklich verlassen. Bei den Telefonaten mit ihm schlüpft sie in Katrins Rolle und Simon in die von Erich. Es ist alles andere als ein simples Vorhaben, ein paar Informationen über sein gegenwärtiges Leben aus ihm herauszukitzeln. Nach Mädchenbekanntschaften zu fragen, würde sie nie wagen, Freunde von ihm kennt sie keine, alle Leipziger Sehenswürdigkeiten haben sie schon mehrfach durchgekaut. Bleibt als Gesprächsthema oft nur der Wetterunterschied zwischen Oberbayern und Sachsen. Oder sein Studium, auch so eine heikle Materie. Seit mehr als fünf Jahren wechselt er die Fakultäten der Universität Leipzig, als habe er sich fest vorgenommen, einmal in jeden Studiengang reinzuschnuppern. Zuerst waren da Germanistik und Kunstgeschichte, dann – auf Erichs Anraten hin – BWL, gefolgt von VWL, danach Theaterwissenschaften (oder doch erst Philosophie?), eine gescheiterte Bewerbung an der Hochschule für Grafik und Buchkunst, zwei Wochen Kommunikations- und Medienwissenschaft, und nun das Warten und Bangen anlässlich seiner Bewerbung an der Schreibschule.

Philipp Thelen.

Lautlos schließt sie die Tür zur Küche, in der Erich raschelnd den Wirtschaftsteil zum Lesen faltet, fährt die Lautstärke des Radios hoch, postiert sich vor einem Lautsprecher und bläst sich die Lobhymne des Moderators auf ›Du, gestern‹ durch den Kopf. Da seufzt der Germanist und klagt: »Schade nur, dass in unserem Land keine frische, junge Schriftstellergeneration nachwächst. Was wird geschehen, wenn die großen Namen von heute eines Tages nicht mehr sind? Wir freuen uns über Ihre Meinungen unter folgender Nummer …«

Und plötzlich hat sie den Telefonhörer in der Hand, ihr Zeigefinger hüpft über die Zahlen, es klingelt. Eine näselnde Stimme meldet sich. »Und schon kommen wir zum ersten Zuhörerkommentar.«

»Hallo?«

»Guten Tag! Sie sind auf Sendung.«

»So schnell!«

»Wir vom Radio sind immer auf Zack – mit wem spreche ich?«

»Angela. Ich heiße Angela.«

»Und was möchten Sie uns mitteilen, Angela?«

»Sie haben doch gemeint, es gibt keine jungen Menschen, die gute Sachen schreiben.«

»Allerdings. Und da bin ich leiderleidens nicht der Einzige.«

»Also, ich kenne einen jungen Mann, sein Name ist Simon, und er hat großes Talent zum Schreiben. Vielleicht ist er ein bisschen schüchtern, aber tief in ihm drin schlummert Talent. Dafür würde ich meine Hand ins Feuer legen.«

»Und wie haben Sie diesen Simon kennengelernt? Durch ein Buch? Eine Lesung?«

»Simon ist mein Sohn.«

»Sie sind seine Mutter?«

»Ja.«

»Na dann ...«

»Denken Sie, deswegen kann ich nicht beurteilen, ob er Talent hat? Ich schick Ihnen gerne was von ihm. Geben Sie mir einfach die Adresse.«

»Darüber können wir gern später reden. Erzählen Sie doch mal, Angela, Ihr Sohn schreibt also?«

»Seit er dreizehn ist. Kurzgeschichten und Romane. Er hat auch schon mal den vierten Platz belegt, beim Schreibwettbewerb einer Literaturzeitschrift. Ich komme gerade nicht darauf, wie die hieß.«

»Und gefallen Ihnen seine Texte?«

»Manchmal verstehe ich nicht alles. Aber das liegt an mir. Ich lese zu wenig.«

»Tun wir das nicht alle? Mal im Ernst: Was empfinden Sie bei dem Gedanken, dass Ihr Sohn vielleicht eines Tages ein Schriftsteller sein wird?«

»Es macht mich stolz. Aber nicht einfach nur stolz. Für

einen Mann ist das schwer nachzuvollziehen. Das klingt jetzt vielleicht blöd, aber es erinnert mich daran, als ich auf der Entbindungsstation seinen ersten Schrei gehört habe – da steckte so viel Liebe und Schmerz und Hoffnung drin –, das war wie so eine Art extremes Familiengefühl. Dafür gibt es kein Wort.«

»Möglicherweise erfindet Ihr Sohn ja eins dafür – ist er denn in der Nähe? Kann er ans Telefon kommen?«

»Nein, er lebt in Leipzig. Er …«, sie zögert, »er studiert an der Schreibschule.«

»Was Sie nicht sagen. Dann wünsche ich ihm viel Glück! Und Ihnen –«

»Er hat noch nicht angerufen!«

»Wie bitte?«

»Ich habe es für mich behalten, damit Erich und Katrin nicht böse auf ihn sind. Trotzdem ist es nicht leicht, ich meine, ich bin es gewohnt, dass er mir nichts mehr schenkt, so wie früher, als er noch Pausbacken hatte und statt Lkw immer Epekel sagte. Da habe ich immer Gutscheine bekommen. Oder sein Taschengeld. Aber anrufen hätte er schon können. War doch mein Fünfundvierzigster!«

Der Moderator räuspert sich. »Ja, Angela, was sagt man dazu? Die Jugend von heute. Es tut mir leid, dass wir nicht länger –«

»Sie haben recht. Er ist eben jung. Das ist schon …«, beginnt sie, doch bevor sie den Satz beenden kann, schmeckt er so bitter, dass sie die zweite Hälfte nicht über die Lippen bringt – in Ordnung? IN ORDNUNG?

Philipp Thelen.

»Verflucht!«, kreischt sie. »Verflucht. Verdammt!« Am

liebsten würde sie nun Heidenröslein vortragen, am liebsten würde sie verkünden: »Das ist von Philipp Thelen.« Erst als es aus dem Radio ins Wohnzimmer und an ihre Ohren dringt, bemerkt sie, dass sie das laut gesagt hat. »Und Philipp Thelen ist mein Freund – mein Verehrer!« Das gleitet widerstandslos über ihre Zunge und schallt aus den Lautsprechern, füllt Stuben, Köpfe, Restaurants, Fahrerkabinen in ganz Bayern mit wundervollem Klang. »Zuerst bekomm ich von meinem Mann einen Kühlschrank, einen XM 9000!« Sie fühlt sich gut, sie fühlt sich stark. »Und dann ein Nachthemd, das meine Tochter eigentlich selbst haben wollte.« Himmlisch! In ihrer Brust kribbelte es wie bei ihrem ersten Kuss. »Nächste Woche wird sie's ausleihen wollen, wetten?« Ihre Stimme droht ihr einen Strich durch die Rechnung zu machen, sie wird heller, zu hoch, um ernst genommen zu werden. Mit einem Wort gelingt es ihr, sie wieder einzufangen: »Philipp!« Lässt den Hörer fallen und den Kopf sinken. »Und mein Sohn gibt einen Dreck auf mich.« Schreitet bestimmt, aber nicht hastig durch die Küche ins Schlafzimmer, ignoriert Erichs gemurmelte Bitte um eine weitere Tasse Kamillentee, schließt die Tür ab, schlüpft aus ihren Klamotten, legt sie sorgfältig über eine Stuhllehne, steckt sich Ohropax in die Ohren, zieht die Vorhänge zu und kriecht unter die Bettdecke.

Sie weint ohne Stimme.

I

Mit dem nächsten Augenaufschlag war die Wollmaus verschwunden. Ihr Herz pochte heftiger, das musste die Vorfreude sein. Sie hatte gewonnen, die Wollmaus hatte verloren und sie gewonnen. Was kümmerten sie Details von gestern? Keine Erinnerung konnte sie herunterziehen, ein großer, herrlicher Teil ihres Lebens lag schließlich noch vor ihr: die zweite Hälfte. Jene bessere Hälfte ohne Zahnspange oder Matheschulaufgaben, ohne Pille, ohne Hochzeitsvorbereitungen oder Wehen, eine Zeit der Belohnung, die noch heute, mit einer kleinen Feier zu Simons Erfolg, anbrechen würde. Und darauf musste sie nicht hoffen, nein. Sie – Mutter, Haus- und Ehefrau – war die Hoffnung.

Etwas Warmes oder sehr Kaltes, sie wusste es nicht, lief mit einem Mal über ihren Schädel, kroch auf ihr Gesicht zu. Nur ihr rechtes Auge ließ sich noch einmal öffnen: Der Vorhang hing nun schlaff vor dem Fenster. Dann, noch bevor sie erneut einen Befehl an ihren Zeigefinger senden konnte, verschwamm das Bild und erlosch.

0

SIMON

I

Gewöhnlich schlug er die Zeitung jeden Morgen bei den Todesanzeigen auf, in der Hoffnung, der Name seiner Mutter würde dort stehen. Auch zehn Monate nach ihrem Tod war dieser Wunsch noch immer gegenwärtig.

Als man Angelas Beerdigung geplant hatte, war sein Vater der Meinung gewesen, dass eine Todesanzeige »sich nicht gehörte« – ein solcher Verlust sei »Familiensache« und ginge »Außenstehende« nichts an.

Damals war es Erich gelungen, ihn davon zu überzeugen. Jetzt aber sah er das anders. Eine ganze Seite hätte er gerne gebucht, ihren Namen groß, größer als die Schlagzeilen auf der Titelseite, ein Gedicht, schwarz-romantisch vielleicht, persönliche Grüße der Familienangehörigen, und ein dicker, schwarzer Rahmen, damit die Anzeige jedem ins Auge stach.

Insgeheim hoffte er, dass mit einer Todesanzeige auch die Qualle verschwände – das, was der Schädel seiner Mutter auf den Parkettboden gezeichnet hatte. Er glaubte sogar, dass die Qualle nur deshalb nicht verblasste, weil sie Angela keine Todesanzeige gewidmet hatten. Seit Monaten jagte ihn dieses Bild, das sein Leben in zwei Hälften schnitt: davor und danach. Der verkrustete Rand ein grotesker Ballon aus rostroten Windungen, am unteren Ende ein Wust faseriger, ineinander verzweigter Stränge, die zur Wohnungstür hin wucherten.

Solange er sich in Leipzig aufhielt, ging es ihm besser. Leipzig war nicht nur der Ort, an dem er studierte, Leipzig war die Stadt der schiefen Wege. Er hatte noch keinen Bürgersteig gesehen, der nicht zur Straße hin abfiel. Manche der schweren Steinplatten bewegten sich, wenn man auf sie trat. Das beruhigte ihn. Bei jedem Spaziergang wurde er daran erinnert, dass er sich fünfhundert Kilometer entfernt von zu Hause befand, wo die Bürgersteige eben und fehlerfrei waren.

Klingelte sein Telefon, und die angezeigte Nummer war ihm unbekannt, nahm er den Hörer nicht ab; kannte er sie, kostete es ihn viel Mühe; wurde die Nummer nicht angezeigt, ignorierte er das Klingeln. Die einzigen Wege, die er in der Stadt ging, führten ihn zu Norma oder Konsum, zu Alexandriner, dem nächsten Dönerladen, und zur Schreibschule. Seit Angelas Tod, zu Beginn seines Studiums, fand er keinen großen Gefallen mehr an dem, wie und was er bisher geschrieben hatte. Mit Titeln hatte er schon immer Schwierigkeiten gehabt, nun stimmte etwas mit den Texten selbst nicht. Ihnen fehlte etwas. Aber so viele Stunden er auch vor seinem surrenden PC verbrachte, er entdeckte nicht die Lösung für sein Problem. In keinem Seminar, ob Prosa, Lyrik, ob Drama oder Drehbuch, stellte er eigene Texte vor, erfüllte bloß seine Anwesenheitspflicht. Und mittlerweile spielte er mit dem Gedanken, das Studium abzubrechen.

2

Kurz vor Beginn seines dritten Semesters besuchte er eine Ausstellung auf dem alten Leipziger Messegelände: ›Dialog im Dunkeln‹. Dort lotsten Blinde kleine Gästegruppen durch pechschwarze, präparierte Räume, um zu veranschaulichen, wie es war, ohne Augenlicht zu leben. Er war stolz auf sich, da er seine Wohnung endlich einmal aus einem anderen Grund verließ als Einkaufen, Essen oder Studieren; er ertastete dort Hülsenfrüchte, Briefkästen, hölzerne Eichhörnchen. Ein Mädchen namens Miriam lachte als Einzige in seiner Gruppe vergnügt auf, wenn er in der totalen Finsternis den Blindenstock in ihren Fuß bohrte oder sie anrempelte. Für den nächsten Tag verabredeten sie sich zur gleichen Zeit am selben Ort, und auch danach trafen sie sich etliche Male im Dunkeln, ohne viel zu reden, bis die Angestellten sie beim Vornamen ansprachen und ihnen eine besondere Erfahrung anboten.

Sie saßen in einem stockfinsteren Raum, aßen Spaghetti, und er trug ein weißes Hemd. Der Gedanke an Soßenflecken bereitete ihm allerdings die geringsten Sorgen; er war schon froh, wenn er mit der Gabel den Teller fand. Miriam redete wenig, er redete wenig. Es kostete sie viel Konzentration zu essen; zu trinken war noch schwieriger. Nach dem Dessert verabschiedete sich der Kellner und verließ den Raum. Sie waren allein. Er hörte sich atmen. Da sagte Miriam: »Das wollte ich schon immer mal machen.« Und er spürte ihren nackten Fuß, der zwischen seine Beine fuhr. Am selben Abend knöpfte sie im Flur seiner Wohnung wortlos ihr Hemd auf und ging ins Schlafzimmer.

Erst als sie zum zweiten Mal bei ihm übernachtete, fielen ihm unterhalb ihrer Pobacken Narben auf, feinste Verästelungen verwachsener Haut. Miriam erwähnte sie mit keinem Wort, und er wagte es nicht, sie an diesen Stellen auch nur zu berühren.

Bei ihrer dritten Verabredung, als sie sich um die Wette auszogen, klingelte das Telefon, aber keiner von beiden reagierte darauf. Danach stellte Miriam ihm – wie immer – Fragen; etwa woher er kam, wohin er wollte, was er studierte, wie lange. Doch er gab nur einsilbige Antworten und sie nannte ihn idiosynkratisch. Er hatte keinen blassen Schimmer, was das bedeutete. Während Miriam duschte, klingelte das Telefon erneut. Es war sein Vater; Erich wollte, dass er nach Hause kam. Der elfte Oktober nahte. Diesen Jahrestag, betonte sein Vater, dürfe man nicht übergehen. Er legte auf, nahm den Hörer von der Gabel, legte noch einmal auf. Es klingelte wieder. »Komm«, sagte er zu Miriam, die sich gerade die Haare föhnte, »lass uns spazieren gehen.«

Die nächsten drei Tage verbrachte er bei ihr. Schließlich erhielt er einen Brief. Erich lud schriftlich ein, inklusive ein paar drohend formulierter Sätze die Finanzierung seines Studiums betreffend. Er überlegte noch, ob er anrufen sollte, um zu protestieren oder zu erklären, dass er krank sei, Prüfungen habe, kein Geld – eine halbe Stunde später durchstöberte er den Abstellraum nach seiner Reisetasche.

Die Fahrt im überfüllten Zug war anstrengend; er blieb nie lange sitzen, bewegte sich hin und her zwischen Sitzplatz und Toilette, trank eine Tasse Kaffee nach der anderen und sah die meiste Zeit nach draußen. Mehrmals rang er nach Luft. Irgendwann stülpte er sich einen Pullover über den Kopf und versuchte zu schlafen. Als Kind hatte er sich nie vor Monstern in der Dunkelheit gefürchtet, er liebte das Dunkel. Im Schwarz fühlte er sich geborgen, die Monster konnten ihn nicht entdecken. Dunkel war Tarnung. Dunkel war ein samtenes Obdach. Dunkel war etwas Gutes, etwas Gewisses. Nicht sehen zu müssen, was er sehen sollte. Dafür liebte er das Dunkel.

3

Als er in Bad Tölz den Bahnsteig betrat, ging Erich auf ihn zu, legte seine kurzen Arme um ihn und drückte ihn fest an sich. Nur ein knappes »Hallo« brachte er über die Lippen und war erleichtert, als sie ins Auto stiegen und Erich sich aufs Fahren konzentrieren musste. Es war Nachmittag, der zehnte Oktober. Draußen schlich die Kälte umher und packte sich jeden, der das Haus verließ. Vierundzwanzig Stunden noch, dann wäre es genau ein Jahr her, dass er die Wohnungstür geöffnet und seine Mutter gefunden hatte, umrahmt von einer purpurroten, spiegelnden Fläche, die sich langsam auf dem Parkett ausbreitete.

Im Haus angekommen, begrüßte ihn Katrin mit einer überschwänglichen Umarmung. Eine Duftwolke umgab sie, die ihn an irgendetwas erinnerte. Die ganze Wohnung roch danach.

Ein glücklicher Umstand, der plötzliche Schrei seines Vaters, der in die Küche vorausgeeilt war, lenkte seine Aufmerksamkeit von dem Teppich ab. Dem Teppich, der seit Angelas Unfall im Eingangsflur lag, und den er überqueren musste, um das Wohnzimmer zu betreten. Erich hatte sich die Hand am Topf verbrannt. Katrin wickelte ihm ein nasses Tuch um die Finger und deckte den Tisch. Er stellte seine Taschen ab, wusch sich die Hände und ging zu seinem Stammplatz, gegenüber von Katrin, rechts neben Erich. Katrin holte die Krautwickel aus dem Ofen. Niemand redete. Seine Schwester zwinkerte ihm zu, und während er Platz nahm, mit einem flauen Gefühl im Magen, überprüfte sein Vater, ob er noch nachwürzen musste.

Als sie endlich gemeinsam am Tisch saßen, ihre Teller vollbeladen, nahm Erich als Erster Messer und Gabel in die Hände und erzählte, während er einen dampfenden Krautwickel aufschnitt, von seiner Freundin.

4

Beim Osterfrühstück im selben Jahr hatte Erich ihnen Susanne vorgestellt, die Inhaberin der Einbachmühle, eine abgemagerte Frau mit blutroten Lippen und Augen, bei denen es ihm vorkam, als würde sie schielen. Später merkte er, dass es von dem Winkel abhing, aus dem man sie ansah. Während des ganzen Besuchs waren Erichs Hände nicht von ihr gewichen, als hielte ihr Körper sie lebendig.

Obwohl er sich wiederholt gesagt hatte, *das ist die Freundin deines Vaters*, Wort für Wort, war es ihm schwergefallen wegzusehen. Susanne hatte etwas an sich gehabt, das sehenswert war. Keines der Details, sondern ihre Mischung; die blutroten Lippen zusammen mit diesen nicht ganz symmetrischen Augen und der abgemagerte Oberkörper, dessen Brüste eigentlich zu einer viel molligeren Frau gehörten. Die Kombination dieser anatomischen Ungereimtheiten ergaben zusammen etwas Stimmiges, Richtiges, das man nicht mit den Händen allein erkunden durfte – das wären nur wieder schiefe Details –, sondern mit dem ganzen Körper. Man musste sich auf sie legen und spüren, wie harmonisch und aus einem Guss diese Frau war.

Woher kannte sein Vater sie?

Wieso wollte die Erich kennen?

Am selben Abend hatte er einen Club in München besucht und wahllos Drinks spendiert. Die Mädchen hier sahen verwöhnter aus als in Leipzig, sie vertrugen aber nicht viel Alkohol. Die kleinste von denen, die mit ihm tanzten, Doris, nannte ihn Simmerl und ließ sich von ihm in der verschwitzten, lärmenden Masse zuckender und grölender Gestalten anfassen; später dann war sie es, die eine Packung Präservative aus der Toilette besorgte. Im halbdunklen, merkwürdig nach Zimtsternen duftenden Wintergarten ihrer Eltern ertastete er sie. Ihm gefiel die Vorstellung, dass Erich sich ärgern, ihn beneiden würde. Immerhin: Doris konnte Knöpfe mit Lippen und Zunge öffnen. Ihre Schreie, als sie zum Ende kamen, störten ihn nicht, trotz des Risikos, dass Doris' Eltern ihn auf frischer Tat ertappen könnten; so laut wie möglich sollte sie sein, verkünden, wie einmalig es war. Und obwohl er das sonst nie tat, schrie er mit ihr, in der Hoffnung, sein Vater könnte ihn hören.

5

Zu viel Wasser, zu viel Gemüse, auch zu viel Fleisch. Zu wenig Diplomatie, Gewürzprisen und Geduld für die Verhandlungen mit Zunge und Gaumen. In Leipzig sagte man zu dem, was auf den Tellern dampfte, Kohlrouladen, in Bayern: Krautwickel. Dass Erich Angelas Kochkünste nicht ersetzen konnte, war kein Geheimnis. Er stocherte in dem Matsch aus Gelb, Grau, Grün herum. Er versuchte, *Kohlrouladen* über *Krautwickel* zu schieben. Wenn es ihm gelänge, läge der miserable Geschmack in der Verantwortung irgendeines Kochs und nicht in der seines Vaters. Aber es funktionierte nicht. Das dort auf dem Teller waren Krautwickel. Und der Teller stand auf einem Tisch in ihrer Fünf-Zimmer-Wohnung, im obersten Stock eines Neubaus zwischen Kurhotels und Kurheimen mit urigen Kneipen, roten und rosa Geranien an verwitterten Balkons und Kurbädern mit lauwarmer Wassertemperatur. Er starrte das Gericht an und versuchte es mit *Gemüsefleisch*, mit *Wirsingpäckchen*.

Das Mittagessen weigerte sich. Es waren Krautwickel, gekauft und zubereitet von Erichs Händen, hier in Bad Tölz.

»Hast du abgenommen?«, fragte Katrin Erich. Seit er

seinen Vater das letzte Mal gesehen hatte, war dessen Kopf geschrumpft, der Umfang war geringer, von der Glatze bis zum rasierten Kinn, von Ohr zu Ohr.

»Wieso? Sieht man das?«, sagte Erich erfreut.

»Ja! Dein Kopf ist so …«

»Klein«, ergänzte er, worauf sein Vater und seine Schwester ihn erstaunt ansahen, als bemerkten sie erst jetzt, dass er ebenfalls am Tisch saß.

Jedes der in Silber gerahmten Bilder an den Wänden, in denen sie sich beim Essen spiegelten, war älter als ein Jahr – es waren Familienfotos. Sie alle, Angela, Erich, Katrin und er selbst, sahen glücklich zu ihm herüber: Erich und Angela posierend auf einem Tandem am Ufer des Silvensteinsees, mit Alpenpanorama; Katrin nach bestandener Führerscheinprüfung, Arm in Arm mit ihrem Fahrlehrer und ersten festen Freund – mittlerweile Exfreund –, einem Sachsen namens Marco, der in seiner Kindheit offensichtlich keine Zahnspange getragen hatte; er selbst auf dem Balkon in Miami Beach, in Bermudas und braungebrannt. Keines der Fotos hätte er auf ein bestimmtes Jahr datieren können. Abgesehen von einem: Zu viert saßen sie beim Picknick auf einer Wiese, der Himmel leuchtete bayerisch weiß-blau und jeder von ihnen grinste unverschämt glücklich. Während Erich die ersten lichten Stellen am Hinterkopf mithilfe einer Baseballkappe verbarg, trug seine Schwester ihr Haar damals noch lang, bis zu den Hüften, und das, was sein Haupt zierte, nannte sie Poposcheitel. Angelas Dauerwelle saß wie gewohnt. Ein Spaziergänger hatte das Foto für sie geschossen, im Hintergrund konnte man seinen Rottweiler als einzigen Makel auf einer durch und durch grünen

Wiese ausmachen. Sommer 1989, ohne Zweifel, jener Sommer, in dem seine einzigen Sorgen gewesen waren, ob seine Eltern auch an alle Geburtstagsgeschenke dachten und dass er Knight Rider, seine Lieblingsfernsehserie, wegen der Sonderberichte zu einer aufgebrachten Menschenmenge verpassen könnte, die über die Berliner Mauer rüber wollte. Vielleicht der beste Sommer, den er je erlebt hatte. Im Moment der einzige Sommer, an den er sich erinnerte.

6

Nach dem Essen ließen sie das schmutzige Geschirr stehen und setzten sich ins Wohnzimmer, der Teppich nun in seinem Rücken, wo er ihn nicht sehen, aber fühlen konnte: ein Kribbeln am Hinterkopf. Sein Bauch stülpte sich über den Bund seiner Hose und er öffnete möglichst unauffällig den Knopf. Er bemühte sich, dem Gespräch zu folgen, aber das Kribbeln am Hinterkopf wurde stärker. Es drückte gegen seinen Schädel. Mehrmals wandte er sich um – kroch der Teppich auf ihn zu? Er veränderte seine Haltung, setzte sich seitlich auf das Sofa, den Teppich im Augenwinkel. So konzentriert er auch darauf achtete, der Teppich schien zu schleichen, so langsam, dass er sich, ganz allmählich, an das Sofa herantastete. Er wischte sich einen Schweißtropfen von der Stirn, zwei weitere strich er sich ins Haar. Immer öfter wandte er sich um, aber der Teppich war noch nicht da, er war noch nicht da. Das Kribbeln am Hinterkopf drang nun in seinen Schädel ein, und sein Kopf wurde schwer.

»Willst du dich hinlegen?«

Erich und Katrin sahen mich verwundert an, ich wusste nicht, wie lange schon. Ich kannte ihre Blicke, diese chiffrierten Botschaften; vierundzwanzig Jahre lang hatte man mich darin trainiert. Sie sahen besorgt aus. Dachten sie, dass ich, ein kleines bisschen, nur ein ganz kleines bisschen, verrückt war? Nicht im herkömmlichen Sinn, nicht durchgeknallt, nichts Gefährliches – zumindest nicht für andere –, aber ab und zu ein kranker Gedanke. Hin und wieder eine perverse Fantasie. Gerade genug, um Aufmerksamkeit zu erregen. Das war mein Vater, das meine Schwester. Das konnten sie nicht denken. War ich verrückt, waren sie es auch. Ruhe war jetzt angebracht. Ein wenig schlafen. Runterkommen. Sollten sie das doch denken. Sollten sie doch denken, sie ginge das nichts an. Sollten sie doch annehmen, sie wären verschont. Vielleicht wussten sie es noch nicht, aber die Angst würde auch zu ihnen kommen, sie würde sie würgen, und dann würde man ihnen vorschlagen, man solle sich doch hinlegen. Jemand musste es ihnen sagen. Dass da nichts war, dass sie sich nicht sorgen mussten, weil da nichts war außer dem Teppich, der Teppich im Rücken, unter dem etwas wartete. Darin lag der kleine, feine und gigantische Unterschied: zwischen verrückt sein und sich verrückt verhalten!

Wortlos sprang er auf, nahm sich eine Schachtel Baumkuchenspitzen aus dem Küchenregal und schloss sich im

Bad ein. Er schaltete das Licht aus, verdunkelte die Fenster. Bevor er die Schachtel öffnete, masturbierte er vor der Kloschüssel stehend.

Dann setzte er sich auf die Fliesen und leerte die gesamte Schachtel Baumkuchenspitzen.

7

Erst nach langer Zeit, so schien es ihm, erhob er sich wieder und nahm in Angelas ehemaligem Zimmer auf dem Bett Platz. Hier war er nicht mehr gewesen, seit …

Auf dem Nachtkästchen fand er einen daumendicken Notizblock und einen Kugelschreiber. Er nahm beides und kritzelte das erste Blatt voll, mit ein paar willkürlich hintereinandergereihten Sätzen. Mittlerweile waren da einfach zu viele Fragen; zumindest ein paar Antworten wollte er liefern, egal, ob diese passend waren. Wenigstens waren es welche. Nachdem er einen Anfang gefunden hatte, ergaben die Antworten Sätze, die sich miteinander verknüpften und die ihn, zum ersten Mal seit langem, erfreuten. Das, was dort stand, musste so und nicht anders dort stehen. Er las, was er geschrieben hatte, und es gefiel ihm so gut, dass er das vorderste Blatt nach hinten faltete und fortfuhr. Immer mehr kam ihm in den Sinn, woran er zuvor niemals gedacht hatte. Sogar vom Titel war er von Anfang an überzeugt. Eine Pause legte er erst ein, als er Papiernachschub aus dem Sekretär im Flur holen musste. Seinem Vater, der gerade in seine Joggingkluft schlüpfte, nickte er nur kurz zu; er musste sich beeilen, um die Worte auf Papier zu bannen, die sich in seinem Kopf anstauten. Zurück in Angelas Zimmer verriegelte er die Tür und ließ sich nach hinten fallen; weich fing das Bett ihn auf. Er rollte sich auf den Bauch, verschränkte die Beine, stützte beide Ellbogen auf, holte tief Luft, und schrieb weiter.

Ein lieber Pirat, 1989

Es war Sommer. Der Sommer des Rottweilers, der Sommer von Miriams Brandnarben, Marcos Sommer, mein Sommer, und der letzte Sommer in Segendorf, an den ich mich erinnern kann. Damals plagten mich nächtelang Träume, von denen nach dem Aufwachen nicht mehr als eine Ahnung blieb; ich rang mit meiner Bettwäsche, wälzte mich auf der Matratze, bis mir zu warm wurde, schlug die Decke zurück, fröstelte und deckte mich wieder zu. Als ich in einer dieser Nächte aufwachte, war mein Schlafanzug nassgeschwitzt und klebte an meiner Haut. Zwischen meinen Beinen ertastete ich etwas Merkwürdiges. Ich war vorsichtig, aber als das Gefühl intensiver wurde, es mich vergessen ließ, dass meine Schwester im selben Zimmer schlief, verteilte sich mit einem Atemzug Flüssigkeit auf meiner Hand, meinem Bauch, der Bettdecke. Zuerst erschrak ich, dann kam der Ekel. Ich rollte meine Decke zusammen, suchte im matten Mondlicht, das durchs Fenster hereinfiel, nach weiteren Spuren und stahl mich schließlich mit dem Bettzeug ins Bad. Auf dem Weg dorthin meinte ich, im Dachgeschoss Stimmen zu hören. Hinter geschlossener Tür zog ich mich aus, wusch mich und die Bettwäsche.

Als ich das Bad wieder verließ, hörte ich abermals Stimmen. Ich legte das Bettzeug beiseite und schlich langsam die Treppe nach oben. In unserem alten Bauernhaus gab es nur zwei bewohnbare Zimmer: das eine im Dachgeschoss, dort hielten wir uns die meiste Zeit auf, sahen fern, kochten, aßen, zankten uns, genossen einen herrlichen Blick auf die Alpen; das andere im ersten Stock, wo Miriam und ich schliefen. In den restlichen Zimmern sägte, hämmerte, bohrte Vater jede freie Minute und schien doch nie fertig zu werden.

Ich musste aufpassen, wo ich hintrat. Das Bauernhaus war zweihundert Jahre alt, und viele der Bretter ächzten bei geringster Belastung. Auf halber Strecke nach oben hielt ich inne.

»Das ist doch nicht so schlimm«, hörte ich Vater sagen, »in den Ferien mache ich wieder was mit den Kleinen.«

»In den Ferien?« Mutters Stimme klang ruhig und doch erregt. »Unsere Kinder sind keine x-beliebigen Geschäftspartner, deren Termine du nach Gutdünken verschieben ...« Sie murmelte etwas, das ich nicht verstand.

»Nur noch diesmal. Versteh doch. Ich bin der Versorger hier. Trotzdem liebe ich euch natürlich. Immerhin möchte ich mein ganzes Leben mit euch verbringen.«

»Arschloch.«

Ich hatte Angst. Sonst benutzte Mutter nie solche Worte.

»Bald wird sich alles ändern. Glaub mir, es kommen auch noch bessere Zeiten.«

»Fass mich nicht an«, sagte Mutter. Aber viel zu gutmütig, viel zu herzlich; als wäre sie nicht ganz davon überzeugt.

Ich verlagerte mein Gewicht auf das linke Bein.

Das Brett unter mir knarrte.

»Ich schwöre dir …«, begann Vater. Dann Schritte. Ich stolperte die Stufen nach unten, packte mein Bettzeug, lief in unser Zimmer, legte mich ins Bett. Mein Herz pochte, ich rang nach Luft, schloss die Augen und stellte mich schlafend. Jemand betrat das Zimmer, Licht wurde angeknipst. Miriam wachte – wie immer – mit einer Frage auf: »Was ist los?«

Vater ging neben meinem Bett in die Hocke. »Jasper, hast du uns belauscht?«

Ich schüttelte den Kopf.

»Ehrlich nicht?«, fragte Mutter, die nun mit Hannes im Arm erschien.

Ich sah zur Seite. Vater konnte ich anlügen, doch in Mutters Blick lag die forschende Bestimmtheit einer Lehrerin; man konnte ihr nichts vormachen.

»Du hast alles gehört?«, Mutter stand nun hinter Vater und zupfte liebevoll an seinem Nackenhaar.

»*Was* hat Jasper gehört?« wollte Miriam wissen.

Vater strich mir über den Kopf. »Mama und ich haben meinen Text geübt. Ich hab euch doch erzählt: Bald ist mein Casting.«

Erst jetzt bemerkte ich, dass ich weinte. Vater gab mir einen Kuss auf die Stirn und umarmte mich. Er blieb, bis wir eingeschlafen waren und ich nicht mehr grübelte, was das für eine Rolle war, für die er sich bewarb.

Am nächsten Morgen rüttelte mich Miriam wach; sie wollte wissen, welche Rolle Vater denn nun spiele. Ich zögerte kurz, dann sagte ich es ihr.

»Paps spielt einen Piraten!«

Die Schatzinsel hatte ich schon siebenmal gelesen. Long John Silver war kein böser, einbeiniger Pirat; er war ein starker Mann, ein perfekter Paps. Und im Nachhinein kann ich nur sagen, diese Rolle spielte Vater ja auch, in gewisser Weise: einen Piraten. Auf der Jagd nach Reichtum reiste er monatelang um die Welt, weit entfernt von zu Hause. So bemühte ich mich denjenigen zu betrachten, den Vater darstellen sollte: als meinen eigenen Long John Silver. Und nicht als geschäftstüchtigen Rabenvater.

»Paps?«, fragte Miriam beim Frühstück.

Vater reagierte nicht, er blätterte in einem Manuskript, in dem einzelne Zeilen grün markiert waren.

»Paps?«

So viele Antworten man auch sammelte, Miriam übertrumpfte einen immer; sie war ein ganzer Fragenkatalog. Und es gab schwierige darunter, die nicht einmal Mutter beantworten konnte. »Wieso sind alle Planeten rund und keiner eckig?«, hatte Miriam einmal gefragt, so lange, bis Mutter ihr erklärt hatte, dass es nicht auf alle Fragen Antworten gab. Vor kurzem hatte Miriam sich nun angewöhnt zu fragen, ob sie etwas fragen könne.

»Pahaps?«

»Ja?«

»Spielst du einen bösen Piraten?«

Vater blickte verdutzt in die Runde. Erst sah er Mutter an, dann mich. Ich zwinkerte ihm zu. Er hob langsam den Kopf, sagte: »Einen lieben natürlich«, und zwinkerte *mir* zu.

Der leise Schrei, 1989

Aus dieser Zeit gibt es nicht viele Fotos, aber eins davon trage ich immer bei mir. Darauf blickt meine achtjährige Schwester Miriam gedankenverloren zur Seite; ein pausbäckiger Junge hält ihre Hand – damals war ich zwölf. Unsere Mutter drückt ein weißes Bündel an ihre Brust; Hannes, der gutmütigste von uns, ist noch kleiner als ein Kopfkissen. Und Vater, in der Rolle seines Lebens, hat einen Arm um Mutter gelegt.

Ein spitzes Ziegeldach erhebt sich hinter uns. Am Bildrand ist noch ein Teil des Baums zu erkennen, der jeden Herbst wenigstens ein Dutzend Kisten mit Äpfeln füllte. In meiner Erinnerung sind der Apfelbaum und das Haus sehr viel größer, ich sehe sie vor mir aufragen, unüberwindbar und der Mittelpunkt meiner Kindheit.

Was man auf dem Foto nicht sieht, ist die Straße, an der unser Haus lag. In Segendorf sagt man, jeder der Pflastersteine verkörpert einen Bewohner – daher *Kopf*steinpflaster. Bei meinem letzten Besuch suchte ich nach den Steinen meiner Familie. Ich entdeckte keinen einzigen, aber ich habe auch nicht gründlich gesucht. Eins ist sicher: Sie sind dort, sie bleiben dort, selbst wenn jemand stirbt oder wegzieht. Die Steine stecken in dieser alten Erde.

»Wünschst du dir etwas?«, fragte mich Mutter einmal, als ihr mein verträumter Blick auffiel, mit dem ich *durch Wände sah*, wie Vater das bezeichnete.

Ich sagte einfach: »Nein.« Damit ausdrücken wollte ich aber, dass sich nichts verändern durfte; alles sollte so bleiben, wie es war. Für immer. Insbesondere sollten *alle* so bleiben, wie sie waren. Vater der liebe Pirat, Mutter die Vierundzwanzig-Stunden-Mutter, Miriam der Fragenkatalog, Hannes die Schlafmütze und ich der heimliche Wichser.

Aber die Veränderung kam, an einem Nachmittag im Hochsommer. Zwei hügelige Wiesen mussten wir überqueren, um zum Kreuz zu gelangen. Ein idyllischer Ort für ein Picknick. Das Kreuz am höchsten Punkt des Hügels war von der Gemeinde errichtet worden, zwei schwere Holzpflöcke, durch Eisenscharniere zusammengehalten und efeuumrankt; am Boden wucherten Vogelbeersträucher mit rot leuchtenden Früchten.

Das meiste Gepäck trug Vater, den nächstgrößeren Teil übernahm ich; Mutter war bereits mit Hannes ausgelastet, der in einer Schlinge vor ihrem Bauch hing, und Miriam lief aufgeregt vorneweg. Nachdem wir das letzte Haus von Segendorf hinter uns gelassen hatten, überholte uns ein Mann mit seinem Hund. Ich beobachtete, wie Mutter Hannes enger an sich drückte, als sie den Rottweiler bemerkte, ein Gebiss auf vier Pfoten. Miriam klammerte sich an Vater, und ich wünschte mir, meine Hände wären nicht so voll, um es ihr gleichzutun. Da rief Mutter: »Braucht der keinen Maulkorb?«

Wir blieben stehen.

»Was ist ein Maulkorb?«, flüsterte Miriam.

Der Mann war schlank und drahtig, er trug einen Pferdeschwanz, die dicken Brillengläser vergrößerten seine Augen; mit seinen fleischigen Lippen rief er: »Der is a ganz a liaba.«

Der Rottweiler leckte an einem eingetrockneten Kuhfladen. Vater flüsterte etwas in Mutters Ohr, das ich nicht verstand, und sie lachte. Weiter vorne entfernte sich der Mann, sein Rottweiler bellte.

Nachdem wir das Kreuz erreicht hatten, wurde die rot-weiß karierte Decke ausgebreitet und alles Mögliche darauf platziert: Wurst und Käse, Tomaten und Gurken, Brot und Semmeln, Honig, Marmelade und Schokoladencreme, gekochte Eier, Joghurt, Butter. Und Babybrei. Während wir im Sonnenschein aßen, blies ein angenehm kühler Wind über die Wiese. Die Sonne stand hoch am Himmel, das Kreuz warf kaum Schatten. Alle hatten den Mund voll, niemand sprach. In die Stille hinein sagte Hannes: »Appa«, mit heller Stimme, »Appa. Appa!« Er sprach sein erstes Wort klar und deutlich – so deutlich, wie ein elf Monate altes Kind eben spricht.

»Was heißt das?«, fragte Miriam.

»Er hat Hunger!« Mutter hielt ihn hoch, küsste ihn und wischte den Babybrei von seinem Kinn.

»Wundert mich irgendwie gar nicht«, sagte Vater, »er macht ja sonst nichts.«

Ich hatte beobachtet, wen Hannes bei seinem ersten Wort angesehen hatte, und ich war überzeugt davon, dass *Appa* nicht *Happa* sprich *Essen* bedeutete. Aber bevor ich das erklären konnte, sprang der Rottweiler auf das Picknicktuch.

Niemand bewegte sich. Sein Knurren hörte sich an wie

ein Gurgeln. Wenn Miriam später sagte, an diesem Tag sei sie *auf den Hund* gekommen, fand das keiner komisch. Vielmehr war es der Aufruf zu einer Schweigeminute, um sich daran zu erinnern, wie Mutter beinahe verunglückt wäre.

Vater bewegte sich als Erster; Miriam packte ihn am Hemd und hielt ihn fest; Mutter ließ langsam beide Hände über Hannes' Augen, Mund und Ohren gleiten. Das Tier zögerte, dickflüssiger Speichel tropfte aus seinem Maul auf den Brotkorb. Vater schubste Miriam von sich; Mutter umklammerte mit beiden Armen Hannes; Miriam stieß einen spitzen Schrei aus, als sie zu Boden fiel. Der Hund ging auf sie zu, bellte einmal laut und durchdringend. Vater machte einen Schritt rückwärts und schrie: »Hier, du Scheißköter! Hier! Drecksvieh, hier!« Aber der Rottweiler ignorierte ihn. Ich bewegte mich nicht und sagte nichts. Der Hund knurrte wieder; Miriam krümmte sich jammernd am Boden.

Dann spürte ich etwas Warmes, Lebendiges, das gegen meine Brust drückte. Hannes. Mutter drückte mir Hannes an die Brust. Ohne nachzudenken, nahm ich meinen Bruder in die Arme und hörte, wie Mutter loskeifte – unverständliche, wütende Worte. Das erregte die Aufmerksamkeit des Hundes; er drehte sich um, leckte sich mit einer grauen Zunge die Schnauze und sprang Mutter entgegen. Warf sie zu Boden. Ich sah, wie die Kiefer sich öffneten, ich sah aber auch, wie schön das schwarz-braune Fell im Sonnenschein glänzte. Mit Hannes in meinen Armen stolperte ich wenige Schritte rückwärts und prallte beinahe gegen Vater, der Mutter zu Hilfe eilte. Mutter schrie. Sie schrie so hoch und schrill, dass ich mich ganz benommen fühlte und alle Kraft zusammennehmen musste, damit mir nicht schwindlig wurde. Zwischen den gelben Zahnreihen des Hundes steckte ihr linker Arm. Dort, wo die Zähne sich ins Fleisch bohrten, floß Blut. Vater schlug und trat auf das hübsch glänzende Fell ein, aber der Hund ließ nicht ab von ihr. Miriam lag reglos im Gras. Und ich rannte los. Ich presste Hannes fest an mich und rannte den Hang der Wiese nach unten. Meine Beine spürte ich nicht, nur die Muskeln, wie sie brannten. Weg, weg, weg lief ich. Weg, weg, weg. Mit meinem kleinen Geschwisterchen. Mit Hannes, der sein erstes Wort gesprochen hatte, Appa, den Namen seines Bruders, der ihn an einem Sommertag über die Wiese trug.

Der Hundebesitzer kam mir entgegen und pfiff einmal kurz, schon ließ der Rottweiler von Mutters Arm ab. Nichts weiter als ein Pfiff war nötig, um den Kampfhund in ein dummes Tier zu verwandeln, das sich demütig auf die Picknickdecke rollte. Vater verlor keine Zeit, zog sein Hemd aus, wickelte es um Mutters blutenden Arm und lief mit ihr zur Straße.

»Jasper! Kümmere dich um deine Geschwister!«, rief er mir zu. Hannes in meinen Armen sah aus, als würde er jeden Augenblick losschreien. Der fremde Mann beugte sich gerade über Miriam.

»Verschwinden Sie!« Ich hatte mich in meinem Leben noch nie so mutig gefühlt. »Hau'n Sie ab! Sie Idiot, Sie blöder Idiot!« Und weil mir nichts Besseres einfiel, fügte ich noch hinzu: »Arschloch!«

Der Mann wandte sich mir zu; er war größer als ich gedacht hatte. »He, Kloana …«

»Verpiss dich!«, brüllte ich und spürte die Tränen in meinen Augen. »Verpiss dich! Und dein Köter auch!«

Ich fühlte mich nicht nur mutig, ich war es auch. Keine fünf Meter entfernt stand ein ausgewachsener Mann, Krötenaugen und Fleischlippen, mit seinem Kampfhund. Ich konnte weder weglaufen noch kämpfen, das Einzige, was ich konnte, war, sie anzusehen. Und das tat ich. Wütend sah ich sie an. Machte sogar noch einen Schritt nach vorn.

Der fremde Mann kraulte seinen Rottweiler am Nacken. »Kloana Scheißa.«

Ich wusste, was jetzt kam: Der Hund würde uns fressen. Erst mich, dann Miriam, und schließlich, als Leckerbissen, Hannes. Aber der Mann drehte sich um und stapfte Richtung Segendorf. Später stellte sich heraus, dass er der Vater von Manfred Grasberger war, einem Jungen, mit dem Miriam die Schule besuchte. Reinhart Grasberger entschuldigte sich am Tag darauf persönlich, und meine Eltern verzichteten auf eine Anzeige.

Vorsichtig legte ich Hannes ins Gras. Ich mied die Picknickdecke, weil ich nicht wollte, dass er mit einer Stelle in Berührung kam, auf der das Tier gelegen hatte. Hannes quengelte. Ich beugte mich über Miriam, sie war kreideweiß, ihre Augen waren merkwürdig verdreht. Ich tätschelte ihre Wange. »Miriam. He, Miriam!«

Keine Reaktion. Ich nahm etwas Wasser aus dem Picknickkorb und spritzte es ihr ins Gesicht. Ihre Augäpfel rutschten wieder in eine gewohnte Lage, sie fragte: »Was ist los?«

Und gegen Abend desselben Tages, als der Arzt Mutter eine farblose Flüssigkeit spritzte, fragte sie: »Wofür ist das?« Niemand antwortete ihr. Alle, sogar Hannes, beobachteten gebannt, wie die feine Nadel in Mutters Armgelenk verschwand.

»Sie hatten Glück«, sagte der Arzt, »in ein paar Wochen sollte alles verheilt sein.«

Miriam betrachtete den schwarz glänzenden Faden, der in Mutters Haut verwoben war. »Kriegst du jetzt Narben?«

Vielleicht, weil es ihm leidtat, dass niemand reagierte, antwortete der Arzt: »Nicht, wenn ich meine Arbeit gut gemacht habe.« Er war ein großer, hagerer Mann mit Vollbart und weißem Kittel, aus dessen Taschen er ein paar Bonbons nahm und Miriam in die Hand drückte. Es sah aus, als würde er das öfter tun, und es erinnerte mich wieder einmal daran, wer bereits zu alt für Süßes war.

Als Vater uns zu Bett brachte, drückte er Miriam und mich lange und fest an sich, küsste uns mehrmals und kam noch zweimal zurück ins Zimmer, nachdem er sich bereits verabschiedet hatte.

»Ich hasse Hunde«, sagte Miriam, »Hunde sind böse.«

»Nein, nicht alle Hunde. Ein paar vielleicht«, sagte Vater.

»Das, was Mama gemacht hat – war das richtig?«

»Was meinst du?«

»Sie hat Hannes Mund und Augen *und* Ohren zugehalten.«

»Ja, das war klug. Sie wollte Hannes beruhigen; damit er den Hund nicht provoziert.«

»Wie geht's ihm?«, fragte ich.

»Ich glaube, wesentlich besser als uns allen. Er schläft schon seit Stunden.«

»Ich hasse Hunde«, sagte Miriam.

Als Vater mich umarmte, flüsterte er mir noch etwas ins Ohr. »Bin stolz auf dich. Das war ganz toll, was du heute geleistet hast. Ich bin stolz auf meinen Sohn.«

Auch wenn ich mich genierte, ein Grinsen konnte ich nicht unterdrücken. Als Miriam und ich wieder im Dunkeln lagen, verkrampften die Muskeln an meinen Wangen; eine ganze Weile verging, bis das Grinsen zu einem Lächeln geschrumpft war, das sich anfühlte, als wiche es vielleicht nie mehr aus meinem Gesicht.

»Glaubst du echt, dass Hannes mit Appa *dich* meint?«, flüsterte Miriam.

»Na klar.«

»Und wenn er mal A-a sagen kann«, frotzelte sie, »meint er dann auch dich und nicht die Wurst in seiner Windel?« Soeben hatte sie die rhetorische Frage für sich entdeckt.

Wir gingen nie wieder picknicken. Sobald Vater es vorschlug, stiegen Tränen in meine Augen, ich konnte nichts dagegen tun, Mutter schüttelte vorwurfsvoll den Kopf und Miriam sagte: »Ich hasse Hunde.« Nach dem Vorfall hielt sie größtmöglichen Abstand zu jedem Vierbeiner, so harmlos sie auch wirkten, und bedachte sie mit misstrauischen Blicken.

Der Verband behinderte Mutter derart, dass ich ihr nach der Schule zur Hand gehen musste. Allerdings weigerte ich mich, Hannes' Windeln zu wechseln. »Da muss ich kotzen.«

»Komm schon, er ist dein Bruder! Mit einer Hand kann ich das nicht.«

»Ich sag's dir, ich werde … du weißt schon.«

»Appa!«, rief Hannes. »Appa! Appa!«

»Siehst du? Er will dich«, sagte Mutter, »tu mir den Gefallen.«

Ich stöhnte. »Das ganze Mittagessen. Wird alles wieder hochkommen. Das ganze leckere Mittagessen.«

Beim Aufklappen der Windel übermannte mich der Geruch; ich stürzte zur Toilettenschüssel und würgte. Aber nichts passierte. Als ich die Übelkeit wieder im Griff hatte, stellte ich fest, dass Hannes damit begonnen hatte, die hellbraune Kacke auf seiner Brust wie Sonnencreme zu verteilen. So blieb er mir ewig in Erinnerung: freudestrahlend und ruhig, einzig den Namen seines Bruders auf den Lippen, während er ockerfarbene Kacke auf seine Haut schmierte.

Keiner von uns wusste, was in ihm schlummerte. Hannes war ein Energiebündel. Ganz allein lenkte er unser Leben um. Er veränderte uns. Obwohl es erst Anfang Juli war, beendete der Tag, an dem Vater für eine Hauptrolle vorsprechen sollte, den Sommer 1989, in dem sich protestierende Menschenmassen vor der Berliner Mauer einfanden. Im Chor riefen sie: *Wir* sind das Volk!

»*Wir* auch?« Miriam saß neben dem Radio und ließ die Beine baumeln.

Mutter schaltete das Radio aus.

Verzweifelt schüttelte ich den Kopf. »Wir sind nur fünf, wir können kein Volk sein.«

»Warum nicht?«

»O Mann! Weil wir halt nur fünf sind!«

»Schluss jetzt!« Mutter versuchte, Vater ein Brot zu schmieren, während Hannes sich mit beiden Armen an ihr Bein klammerte. »Jasper. Du gehst raus. Geh irgendwohin. Aber bitte geh.«

»Warum immer ich?«

»Appa!«, rief Hannes.

»Weil euer Vater mich die ganze Nacht wachgehalten hat. Alle zwei Minuten Licht an, nachschlagen, Licht aus. Ich habe kein Auge zugetan.«

»Ist Paps nervös?«

»Nervös?! Nervös ist gar kein Ausdruck. Gerade überprüft er das Manuskript auf *Vollständigkeit*. Er zählt die Seiten, schon zum dritten Mal. Rückwärts und vorwärts.«

»Und wohin soll ich gehen?«, fragte ich mürrisch.

»Dahin, wo der Pfeffer wächst«, sagte Miriam und lachte.

»Und *du*, junge Dame, bist still und isst dein Brot. Wenn dein Vater zum Frühstück kommt, möchte ich, dass du ihm keine einzige Frage stellst.«

Miriam presste beleidigt die Lippen aufeinander. Ich schlurfte aus dem Wohnzimmer. Weiter vorne schwoll Vaters Stimme rasch an, er sprach mit sich selbst.

»... kann ich dir nicht sagen, weil es zu lange her – Morgen Jasper – ist und ich nicht will, dass du es erfährst. Warum? Na, weil ...«

»Viel Glück, Paps«, sagte ich. Keine Reaktion. Ich wollte es wiederholen, zu spät. Längst hatte er das Wohnzimmer betreten, die Tür hinter sich geschlossen. Also schlüpfte ich in meine Straßenschuhe und spazierte zum Spielplatz. Ich war zu alt für Schaukeln und Klettergerüste, doch ich mochte das Karussell, ein Gerät, in das man sich stellen oder setzen konnte und das rotierte, wenn man an einer Art Frisbeescheibe drehte, die über eine Metallstange mit der restlichen Konstruktion verbunden war. Für den Betrachter sah das dann aus wie ein Ufo vor dem Abflug. Manchmal legte ich meine ganze Kraft in die Beschleunigung, bis mir schwindlig wurde – und dann noch mehr, noch länger. So fühlte es sich für den Bruchteil einer Sekunde an, als würde ich schweben, fern von Segendorf und meiner Familie, mit einem unscharfen Blick auf die Welt. Gewiss konnte das zwar niemand sehen, aber *ich* spürte es, und das war es, was ich nun vorhatte: ein bisschen schweben.

Es überraschte mich nicht, dass vier oder fünf Kinder sich um das Karussell stritten, als ich den Spielplatz erreichte. Seit dem Angriff des Rottweilers war eine Woche vergangen; noch immer trübte kaum eine Wolke den Himmel. Ich nahm auf einer Bank Platz, von der aus ich das Gerät gut im Blick hatte.

Miriam erzählte mir später, dass Mutters Schrei der leiseste war, den sie je gehört hatte, heiser und dünn. In jeder folgenden schlaflosen Nacht stellte ich mir vor, was geschah, während ich auf einer Parkbank saß und darauf wartete, dass die Kinder des Karussells überdrüssig würden.

Mutter setzte Hannes neben Miriam aufs Sofa und bat sie, ein Auge auf ihn zu haben.

»Muss ich?«

Mutters Augenbrauen wanderten nach oben, wie beim Gebet presste sie die Hände zusammen, legte den Kopf schief. »Das habe ich nicht gehört.«

Schnell nickte Miriam und nahm Hannes auf ihren Schoß. Seit unser Bruder auf die Welt gekommen war, hinterließ ihr Heulen und Jammern bei unseren Eltern kaum mehr Eindruck (ganz zu schweigen von meinen Klagen) – Miriam war auf Platz zwei gerutscht. Dass sie ihm deshalb gerne den Schnuller wegnahm oder eine Hand vor die Augen hielt, konnte ich sehr gut nachvollziehen; dasselbe hatte ich auch mit ihr getan.

Miriam schaltete das Fernsehgerät ein. Ungeduldig wechselte sie von einem Programm zum nächsten und achtete darauf, dass Hannes nicht auf den Boden plumpste. Mutter bereitete Vater eine Brotzeit zu, und Vater durchstöberte Jacken- und Hosentaschen auf der Suche nach seinem Terminkalender.

»Hab ihn!«, rief er triumphierend. Mit nur einem Arm im Jackett küsste er Miriam. »Wünsch mir Glück, Kleines.« Sie umschlang seinen Hals und drückte ihn fest an ihre Brust. Vater lächelte sie an und fuhr mit seinem Daumen sanft über Hannes' Wange.

»Appa!«

Im nächsten Moment schaltete Miriam gelangweilt auf einen anderen Sender und fand etwas, das ihr gefiel, eine Dokumentation. Das waren, wie Mutter ihr beigebracht hatte, Sendungen, in denen Fragen beantwortet wurden. Miriam liebte Dokumentationen.

Die Stimmen unserer Eltern verlagerten sich auf den Flur, die Treppe, das erste Stockwerk, das Erdgeschoss, bis Miriam nur noch den Sprecher hörte. Er beschrieb die Missstände in Tierheimen; dazu lieferte die Kamera Bilder von heruntergekommenen Baracken, in denen Katzen, Hamster, Vögel, Hunde und andere Tiere gehalten wurden. Eine Rottweilerdame namens Lola, deren Besitzer sie beinahe mit Spülmittel vergiftet hatte, wurde vorgestellt. »Sie ist auf dem Weg der Besserung«, sagte eine

Frau mit Zickzacknarbe auf ihrer Wange, die Lola mit Hundekuchen fütterte. Solange sie nur im Fernsehgerät waren, machten die Hunde Miriam keine Angst.

Da schrie Hannes los. Miriam ließ die Fernbedienung fallen, untersuchte seine Arme und Beine, sein Gesicht, erkannte nicht, wo die Schmerzen herrührten und wie schlimm sie waren, bis sie verstand. Er hatte sich nicht wehgetan, er schrie den Fernseher an, die Rottweilerdame Lola. Miriam nahm Hannes auf ihren Schoß, schaukelte ihn ein wenig. Und dann tat sie etwas, von dem sie dachte, dass es klug war. Das Fenster war gekippt, durch den Spalt drang warme Sommerluft und der Klang der Kirchturmglocke.

Es schlug elf.

Dort, wo ich auf das nachlassende Interesse einiger Kinder für das Karussell wartete, war das Läuten hell und dröhnend; ich saß keine hundert Meter entfernt vom Kirchturm. Kaum war es ausgeklungen, da setzte sich ein Junge neben mich. Ich hatte ihn nicht kommen sehen, erkannte ihn aber sofort. Der Schneidezahn deutete fies auf mich, als er mich ansprach.

Da ich zwölf Jahre alt war, Miriam gerade erst acht, und die ganze Sache bereits den Bach runterging, wie Vater es ausdrückte, kannten wir die DDR eigentlich gar nicht. In der Tagesschau sahen wir jeden Abend Menschenmassen, die sich an Varianten der Räuberleiter versuchten, um in ein Konsulat, eine Botschaft oder nach Westen zu gelangen. Wir waren jedoch davon überzeugt, dass Kinder dort drüben zu Geburtstagen und Weihnachten viel entbehren mussten. Vater hatte einmal Geschenke von einem Besuch in Ost-Berlin mitgebracht:

drei Bücher ohne knisternde Verpackung, mit einem bräunlich-gelben Schmutzrand, die wir nie anrührten. In der Schule gab es einen Jungen, dessen Familie *rübergemacht* hatte. Marco sprach einen komischen Dialekt, über den alle in der Klasse lachten, besonders die Kinder mit einem bayerischen Dialekt. Seine tiefliegenden Augen und hervortretenden Wangenknochen wirkten noch freundlich, verglichen mit einem seiner Schneidezähne, der jeweils auf die Person deutete, die er ansah. In einer großen Pause wagte ich mich vor und fragte: »Wieso seid ihr denn hergekommen? Warum wolltet ihr nicht drüben bleiben?«

Marcos Miene verdüsterte sich, und er schlug mir mit der Faust ins Gesicht. Das Veilchen war zwei Wochen lang nicht zu übersehen. Mutter und Vater besuchten Marcos Eltern (die natürlich nicht *rübergemacht* hatten, sondern *geflohen* waren), und am Tag darauf fanden wir einen Korb mit Brot, Marmelade, Butter und einem Blumenstrauß vor unserer Tür. Beigefügt war eine Karte, darauf eine aufgehende oder untergehende Sonne – Vater ließ es sich nicht nehmen, darauf hinzuweisen, wie zweideutig das Bild war.

»Wieso?«, fragte Miriam.

»Na«, sagte er, »in welchen Himmelsrichtungen geht die Sonne denn auf und unter?«

Wenige Worte waren auf die Rückseite der Karte gekritzelt:

Wir entschuldigen uns herzlich
Die Teubners

Die Handschrift war kaum leserlich. Im Regal verschimmelte die Marmelade, auf ihrer Oberfläche bildete sich ein weißer Flaum mit grünen Punkten, später sprossen winzige Haare aus der immer dicker werdenden Schicht. Miriam fragte fasziniert: »Wie heißt die Pflanze?« Das Brot wurde gegessen und die Butter weggeschmissen; sie roch sauer. Die Blumen vertrockneten bald und die Karte verschwand irgendwo. Marco bedrohte mich weiterhin, und ich ging ihm aus dem Weg oder bemühte mich, seine Sympathie zu gewinnen, indem ich ihm von drei Büchern vorschwärmte, die mir mein Vater aus der *Deutschen Demokratischen Republik* (nur diese Bezeichnung akzeptierte Marco) mitgebracht hatte.

»Sind Schulferien. Fahrt ihr nicht weg?«, fragte Marco nun in seinem seltsamen Dialekt. Ich wusste, dass ich nichts Falsches antworten durfte, und versuchte es mit »Nein«.

Er lehnte sich zurück, die Brust vorgestreckt, Beine übereinandergeschlagen, den Kopf im Nacken. »Wir auch nicht.« Im Profil sah sein schiefer Schneidezahn noch gefährlicher aus.

»Wichst du eigentlich viel?«

Ich blinzelte, aber nicht wegen der Sonne.

Marco wirkte gelangweilt. »Ich wichs viel, manchmal tut's sogar weh – wie steht's mit Mädchen?«

Jetzt wusste ich eine Antwort: »Nein.«

»Ich auch nicht – was hältst du von Steffi Hauser? Trägt immer so enge Hemdchen. Weißt du ja – sitzt doch vor dir. Scheiße, sag mal was!«

Marco Teubner war Ausländer in Segendorf, einer Gemeinde in Oberbayern mit knapp dreitausend Einwohnern. Marco war einer, der dort nicht hingehörte, ein Fremdkörper. So erklärte ich mir, dass er zu mir kam, um zu plaudern – er vertraute mir nicht, wollte nicht einmal mein Freund sein, aber bei den vielen bayerischen Familien fühlte er sich mir mehr verbunden als allen anderen. Mutter war in Frankfurt aufgewachsen und bezeichnete *Äbbelwoi* als ihr Lieblingsgetränk; Vater stammte aus Karlsruhe. Da ich weder den einen noch den anderen Dialekt übernommen hatte, sprach ich Hochdeutsch. Auch ein Dialekt im tiefsten Bayern. Marco und ich – »zwei hässliche Schwäne in einem Entendorf« nannte Miriam uns einmal.

Ich fragte: »Hast du schon mal in der Schule ...?«

»Fast jeden Tag«, sagte er.

»Benutzt du auch Socken?«

»Kratzt manchmal ganz schön.«

»Spritzt bei dir auch so ... so Zeug raus?«

»Du meinst Wichse? Is wie Kleber.«

»Wichse ...«, sagte ich leise.

»Mein Vater nennt's Sperma.«

Die Kirchglocke schlug einmal; es war elf Uhr fünfzehn.

Eine Viertelstunde zuvor hatte Miriam von hinten langsam beide Hände über Hannes' Ohren gleiten lassen, und gleich weiter, über Augen und Mund. Es wirkte! Nur ein Augenblick, und Hannes hatte sich beruhigt und wurde still. »Wie ein Vogel«, sagte Miriam, als sie es mir später einmal schilderte.

Hannes wehrte sich noch ein wenig, aber sie presste einfach die Hände etwas fester auf sein Gesicht. Bald entspannte sich sein Körper. Miriam konnte sich kaum auf den Bericht über das Schicksal der Hundedame Lola konzentrieren, viel zu gefesselt war sie von dem Gedanken, wie Mutter wohl reagieren würde, wenn sie ihr das hier zeigte. Sie überlegte schon, wie sie es formulieren sollte. *Ich hab's dir genau abgeguckt* oder *Wie du beim Rottweiler*? Doch als Mutter zurückkam, Hannes' schlaffen Körper anhob und leise schrie, sagte Miriam kein Wort.

Und das blieb lange Zeit so.

ERICH

1

Den Blick durchs Wohnzimmerfenster nach draußen gerichtet, in der Hoffnung auf ein paar Sonnenstrahlen, zog er sich mit routinierten Handgriffen um. Nur ein Nicken hatte Simon für ihn übrig, als er sich ein paar Seiten Papier aus dem Sekretär holte; sein Sohn wirkte abwesend, er hielt an einem Gedanken fest.

Er trank noch einen Schluck Leitungswasser, verließ die Wohnung, lief langsam los und steigerte allmählich sein Tempo. Bald rannte sein Herz, und er beschleunigte, um es einzuholen. Er überquerte die Isar am Staudamm und gab acht, auf dem Metallgitter nicht auszurutschen. Katrin hatte er gesagt, er würde spazieren gehen. Sonst hätte er sich eine Lektion in Sachen Bewegung anhören müssen, in der mehrmals die Vokabeln Alter und Gesundheit gefallen wären. Es ging ihm gut, für einen Sechsundfünfzigjährigen sogar erstaunlich gut. Durch Nase und Mund atmete er ein, ein, ein – aus, aus. Ein, ein, ein – aus, aus. Es war gar nicht so mühsam, zweimal täglich zu laufen. Jede Tour etwa fünfzig Minuten. Bei der Rückkehr pochte sein Herz zwar ordentlich, aber ihm wurde nicht schlecht. Und stets achtete er darauf, ob sein linker Arm sich taub anfühlte. Tat er aber nie.

Schnaufend bog er in einen Kiesweg ein, der, an einer Böschung entlang, dem Lauf der Isar entgegen nach Bad Tölz führte. Er fixierte den Boden: So konnte er dem Hundekot ausweichen und musste gleichzeitig nicht sehen, wie weit es noch war. Es gab nichts Ermüdenderes als einen anstrengenden Lauf mit der Aussicht auf einen noch anstrengenderen Lauf.

Simon würden ein paar Schritte an der frischen Luft ebenfalls guttun. Er hatte zugenommen. Auch Katrin war aufgefallen, dass er nach dem Essen seinen Hosenknopf geöffnet hatte. Und dann sein plötzlicher Rückzug, das Verriegeln der Badezimmertür. Dieses ewige Studieren, er kannte das, die Mädchen noch dazu, morgens, mittags, abends, bis dein Glied schmerzt, Zigaretten, fette Pommes an einer Imbissbude nach durchzechter Nacht, Laufen und Tanzen und Leutetreffen betäubt deine Sinne. Ständig findest du dich umgeben von lauter Dingen, die angepackt werden wollen, am besten alle zur selben Zeit. Ja, dort oben, in Leipzig, da war Simon glücklich. Umso wichtiger, eine Pause einzulegen, das Wochenende daheim zu verbringen, im Kreis der Familie. Manchmal wusste ein Vater besser, was gut für seinen Sohn war, als der Sohn selbst. Er konnte sich gut erinnern: Als junger Mann war er seinen Eltern auch nie um den Hals gefallen, wenn er sie besucht hatte. Nach Hause zu kommen, macht nicht so glücklich wie eine hübsche Studentin auf der Matratze neben dir. Das ist normal. Aber es erdet einen. Etwas ernüchternde Heimatluft rahmt das Leben; man tritt zurück, erkennt das Gesamtbild und kann die saftigen Zeiten so noch intensiver auskosten. Und selbst wenn es schwierig ist, seinen

Vater (und nicht mehr seine Mutter) zu besuchen ... das hemmt das Glücksgefühl vielleicht, aber bewahrt es auch, festigt und stärkt es, damit es für immer bleibt. Es bleibt.

2

Er verlangsamte das Tempo etwas, seine Beine kribbelten, als liefen Ameisen über die Oberschenkel. Er grüßte zwei Rentnerinnen mit Skistöcken, die ihm empört nachblickten und darauf verzichteten, zurückzugrüßen. Das waren welke Existenzen. Von der Überzeugung alt zu sein Überzeugte. Sie liefen nicht, weil sie es nicht mehr für nötig hielten. Sie waren doch schon alt – wofür trainieren? Was sollte denn noch kommen? Selbst wenn man ihnen die Idee, ihr Leben zu ändern, etwas mit sich anzufangen, auf einem silbernen Tablett präsentiert hätte, sie wären bereits nach kürzester Zeit auf der Strecke geblieben – zu wenig Durchhaltevermögen, kein Feuer, keinen Biss. Bestimmt nahmen sie dreimal so viele Tabletten ein wie er. Und selbst auf die paar konnte er gut verzichten. Es war schon ein paar Jahre her, seit Angela und er mit den Kindern die Ferien in Orlando, Florida, verbracht hatten. Jeden Tag ein anderer Erlebnispark. Es war der kräftezehrendste Urlaub gewesen, an den er sich erinnern konnte. Unmengen eisgekühlter Cola, die nach Chlor schmeckte; das Auslosen vor jeder Attraktion, wer mit Simon und Katrin reingehen musste und wer auf die

Rucksäcke aufpassen durfte; Parkplätze bis zum Horizont, mittendrin der eigene Wagen; fröhliche Disneymusik – *It's a small world after all*; Souvenirläden, aus denen man die Kinder herauszerren musste; und überall Plastik, Bäume aus Plastik, Hausattrappen aus Plastik, Donald- und Mickeygesichter aus Plastik, Plastikwege, sogar Geldscheine aus Plastik. Nach einem beschwerlichen Tag in den MGM Studios, zweiundvierzig Grad Celsius, drei Portionen Frozen Yoghurt und neunzig Prozent Luftfeuchtigkeit, war die große Übelkeit über ihn gekommen. Druck von innen gegen die Brust. Aufstoßen. Angela ließ sich nicht besänftigen; als er unter Atembeschwerden litt, wählte sie 911. Acht Feuerwehrmänner, fünf Polizeibeamte und zwei Notärzte stürmten in Rekordzeit das Hotelzimmer und stürzten sich auf ihn. *Stand back, please!*, wurde gerufen und *Clear the corridor!* Als gelte es, eine Bombe zu entschärfen. Ernste Mienen beugten sich über ihn, Hände berührten ihn schnell und gezielt, am Hals, an den Augen und der Brust, Kopfnicken, ein gebrüllter Befehl, dann Anheben und raus mit ihm auf der Trage. Während des Kathederns hörten die Chirurgen AC/DC. Keine zwölf Stunden später forderte man ihn auf, das Krankenbett zu verlassen, er sei schließlich behandelt worden, ausruhen könne er sich auch daheim. Seit damals schluckte er nun die Tabletten, als Präventivmaßnahme. Sie verdünnten sein Blut, verringerten die Gefahr, dass es stockte, und ließen ihn laufen. So schnell und so viel er wollte.

Ein paar Meter weiter trat er kräftiger auf, als er die erste Steigung zum Kalvarienberg erreichte. Seine Herzfrequenz überstieg seine Schrittgeschwindigkeit.

Für sein Ziel musste er nicht nach vorn blicken. Sein Ziel trug er mit sich herum, er verbesserte es stündlich, erweiterte es wie einen Modellbaukasten; ausdauernd und konzentriert tüftelte er herum und erschuf sich neu. Nach jedem Lauf überprüfte er seine Fortschritte auf der Waage. Und im Spiegel: Auf seiner Brust glich der schweißdurchtränkte, dunkler getönte Stoff des T-Shirts einer Spinne, jede Rippe eines ihrer Beine, und auf seinem Rücken einem verschwommenen Herz. Er begutachtete sein Profil, den Schwund von Masse. Er sah an sich herab und konnte sein Glied sehen. Sein Bauchnabel verwandelte sich von einem Loch in eine Delle. Seine Brustwarzen deuteten zwar nicht fröhlich nach oben, aber auch nicht mehr trostlos nach unten, eher optimistisch nach vorn. Wenn er seinen gesamten Körper enthaarte, machte ihn jedes abgetrennte Haar, ob kurz, lang, gelockt oder glatt, leichter; er rasierte sich täglich den Schädel und strich sich über die Glatze. Lange hielt er sich vor dem Spiegel auf, haarlos, schlank – und was für ein Instrument! Nach Feierabend ging er mit Susanne ins Bett, der Wirtin vom Gasthof gegenüber; sie hatte großartige Brüste, weich und dennoch so fest. Und sonst ließ sich Sylvia, die Putzhilfe, zwar nicht immer, aber mit verlässlicher Regelmäßigkeit, davon überzeugen, dass ihr Mann, manischer Fahrradfahrer und Feuerwehrhauptmann des Nachbardorfs, dem Vergleich mit einem Rilke rezitierenden Liebhaber nicht standhalten konnte. Er wusste nicht recht, was ihn wochentags dazu drängte, sich mit seiner vom Laufen schweißgetränkten Kleidung an Sylvia zu schmiegen, die halb so groß und doppelt so dick wie er selbst war, aber es bescherte ihm einen Steifen, dessen Standhaftigkeit ihn selbst überraschte und den er tief in Sylvias pummeligen Körper eintauchen musste, um sich (und ihr) Erleichterung zu verschaffen.

3

Er keuchte schwer, als er die Heilig-Kreuz-Kirche erreichte. Statt den Ausblick über den Kurort zu genießen, lief er weiter über die Kuppe, wieder bergab.

Ein paar Monate zuvor hatte er seine Startlinie entdeckt. Nach einem Treffen mit Katrin, die ihm von einem Mädchen namens Miriam erzählt hatte, mit dem Simon zusammen war, saß er allein am Odeonsplatz in München, genoss die Sonne auf seiner Glatze und trank eines der neumodischen Getränke, dem Kellner nach ein »Latte«, mit irgendwelchen rotbraunen Krümeln, die gehackten Nüssen glichen und nach Kaugummi schmeckten.

Abgesehen davon war dieser Ort wie eine Zeitreise in die besten Jahre seiner Vergangenheit. Früher war nicht alles besser gewesen, keinesfalls. Aber einfacher. Entweder man bestellte Kaffee mit oder ohne Milch, Fernsehen gab's nur in Schwarz-Weiß und wer nicht rot war, galt als braun. Ein Hauch davon wehte noch heute auf dem Odeonsplatz. Am häufigsten betraten zweierlei Typen die Bühne: gut betuchte Frauen mit rattenähnlichen, kläffenden Hunden, deren Augen aussahen wie eine mit schwarzer Flüssigkeit prall gefüllte Blase, und Studenten, deren Zylinderköpfe aus einem Rollkragenpulli ragten, wie sie Simon zuhauf besaß, eine kümmerliche Kolonie Barthärchen am Kinn, in einen schwarzen Mantel gehüllt und irgendein (gebrauchtes) Buch unter dem Arm. Erstere strömten aus den Parkhäusern und der Maximilianstraße in die Geschäfte, Letztere bewegten sich von der Ludwigstraße kommend in die Stadt hinein. Begegneten sie einander, trafen sich verachtungsvolle Blicke. Der Student, sich am Buch festhaltend, blickte auf die personifizierte Kaufkraft herab, die ihrerseits, sich an der Lederleine ihres Wauwaus festhaltend, auf den langweiligen, ewigen Weltverbesserer herabsah.

Er liebte diesen Platz. So viel offenkundige Feindseligkeit, so viele Kleinkriege, so viele Scharmützel wie an einem ersten Sommertag im Jahre 1967.

Oder 68.

Oder 69.

70!

Jedenfalls immer zu einer Zeit, als Angela noch lebte. Als er ihr noch nicht einmal begegnet war.

Durch das blendende Sonnenlicht hindurch erreichte ihn ein dunkles Paar Augen und riss ihn aus der Entspannung. Er zuckte zusammen. Es war Angela. Eine unsichtbare Hand wies ihn auf seine schlechte Haltung, den sich hervorwölbenden Bauch, die Stoppelhaare an seinem Kinn hin. Jede Fettzelle seines Körpers begehrte auf, das Cholesterin, es quetschte ihm die Blutbahnen; die ganze Fettleibigkeit bot ein bemitleidenswertes Bild: der Triumph des Specks.

Es war nicht Angela. Dennoch musste er sich beherrschen, um nicht aufzuspringen und den Bauch einzuziehen. Sie sah nicht weg. Sah. Nicht. Weg. Ihre Augen schlossen sich für den Bruchteil einer Sekunde, ein Lächeln umspielte ihre rotenroten Lippen, das war auch schon alles. Eingehakt bei einem jungen Mann, der eine Straßenkarte studierte, sah sie ihn unverblümt an, als wäre er die Sehenswürdigkeit, nach der ihr Begleiter noch suchte. Ein wenig Gelassenheit kehrte zu ihm zurück, er hob seine Tasse und prostete ihr zu. Sie drehte sich zur Seite, so dass er ihr Profil betrachten konnte, ein Khakirock und ein schwarzes Oberteil lagen eng an. Mit den rotenroten Lippen küsste sie ihren Begleiter, der kaum reagierte. Ihn verblüffte das zwar, aber er wusste, dass es unwichtig war. Es kam allein darauf an, dass er es beobachtete; dass er sah, wie sie es tat. Der Kuss flößte ihm Angst ein. Dann deutete der Begleiter in Richtung Opernplatz, beide machten auf dem Absatz kehrt und entfernten sich. Mit jedem Schritt, der sie davontrug, fühlte er sich besser. Und er erkannte etwas: die Startlinie. Wo er anfangen musste. Er wollte nicht der Mann sein, dem die Küsse gezeigt werden, dessen Blick auf einen weiblichen Bauchnabel der größtmögliche Genuss bleiben sollte, der sich für die Zeitschriften schämte, die er am Kiosk besorgte, sondern einer, der die Küsse erhielt, noch besser, der sie beliebig verteilte, an Frauen mit rotenroten Lippen.

Am nächsten Tag betrat er ein Sportgeschäft, erwarb einen Trainingsanzug mit gelben Streifen, einen Kilometerzähler, ein Stirnband, Laufschuhe und eine Joggingbibel. Wieder zu Hause las er letztere quer, zog sich dann um, klemmte sich den Kilometerzähler an den Hosenbund und trat vor die Tür. Schon fühlte er sich ein wenig leichter. Energie wurde von seinem neuen Äußeren gebündelt und gespeichert. Wie hieß es noch in der Joggingbibel? »Das Leben ist von barocker Natur! Memento mori! Vanitas! Carpe diem! Lauf los! Morgen bist du vielleicht schon tot!«

Etwas in der Art.

Er tat ein paar erste Schritte, blieb dann aber stehen. Wohin sollte er laufen? *Dem Ziel nach!* – Jaja, aber wohin? Er konnte sich nicht daran erinnern, wann er das letzte Mal einen Spaziergang gemacht hatte. Alle bisherigen Ausflüge zu Fuß oder mit dem Fahrrad konnte er an den Fingern einer Hand abzählen. Er dachte an die Strecke, bei deren Beschreibung Angela oft Adjektive wie *sinnlich* oder *idyllisch* verwendet hatte, um ihm das Walken schmackhaft zu machen. *Das Isarufer entlang* ... Also lief er zur Isar, setzte den linken Fuß vor den rechten, den rechten vor den linken, den linken vor den rechten und spürte sein Herz deutlicher schlagen. Er fürchtete sich zwar davor, was passieren könnte, dabei musste er unweigerlich an die AC/DC-Musik beim Kathedern denken, und auch daran, wie deutlich diese Narbe an seinem Hals noch zu sehen war. Aber mit der Zeit verblasste die Furcht und wurde zu einem lächerlichen Einwand, ein witziges, aber kaum ernstzunehmendes Argument im Angesicht von Memento mori! Vanitas! Carpe diem! Rauf auf den Berg und wieder runter! Anfangs dachte er noch, er müsse sich übergeben, so übel wurde ihm nach fünfhundert Metern, aber dann, als er am nächsten Tag noch einmal lief, als es noch einmal hundert Meter, als es fünfhundert, als es tausend Meter wurden, in der nächsten Woche, in der Woche nach der darauf folgenden Woche, da war keine Spur, kein Gedanke an Übelkeit mehr. Er schwitzte weniger, atmete flacher, er trat leichtfüßiger auf, er dachte mehr nach und weniger daran, dass er lief. Er lief sich durch die bewölkten Tage. Er lief sich durch die Erinnerung an Angela im Bett neben ihm, in der Dusche, auf dem Beifahrersitz. Er lief sich zum Samenerguss auf zwei Prachttitten. Er lief sich durch den Appetit auf Vanilleeis und Erdnüsse. Er lief sich durch den Wunsch, mit Angela zu walken. Er lief sich zu einer Mahlzeit am Tag. Er lief sich durch den sanft gesprochenen Kommentar eines Mannes, der nicht älter aussah als er selbst und der, mit einer Zeitlupenbewegung, zur Seite schritt und ihn überholen ließ: »Nicht *zu viel.*« Er lief sich zum Besuch seiner Kinder. Und jetzt galt es weiterzulaufen.

4

Er blieb stehen. Um sieben wollte er zurück sein, aber sein linker Arm wollte nicht recht. War das ein Krampf? Nur Muskelzwicken? Ein Zug vom kühlen Abendwind? Einbildung? Ihm wurde schlecht, so schlecht, dass er sich auf den körnigen Beton setzen musste und zur Seite geneigt den Mund öffnete. Er musste, Gott weiß warum, an den unter seinen Stößen vibrierenden Hintern von Susanne denken. Ängstlich blickte er sich um, niemand sollte ihn so sehen. Er wollte sich wieder erheben, aber sein Körper widersprach, drückte ihn auf den kalten Boden und zwang ihn, sitzen zu bleiben.

ein
aus
ein, ein, ein
aus

Maria kümmerte das wenig. Links von ihm erhob sich eine der Heiligenstatuen, vor Wind und Wetter durch einen steinernen Unterstand geschützt, an dem einmal jährlich eine Prozession aus Gläubigen vorüberwanderte, um den heiligen Leonhard zu feiern. Leonhardi: Sogenannte Wallfahrer hocken auf Holzwagen, die von geschmückten Pferden gezogen werden, und werfen Guatln in die dank Frühschoppen bereits zur Mittagszeit ziemlich angeheiterte Menge. Er selbst trank zwar selten Bier, aber die Suche nach einem kurzen, vergnüglichen Abenteuer war um so vieles leichter, wenn Bier im Spiel war. Vergangenes Jahr war an Leonhardi Susanne die Einzige gewesen, die ihm keine argwöhnischen Blicke zuwarf, als er sie ansprach. Natürlich war das ihr Job, Bratwürste auf den Grill zu legen und Bier auszuschenken, mit wenigen, geschickten Handgriffen und gefälligem Lächeln, egal wen sie bediente, und trotzdem war sie ihm aufgefallen; der bescheidene Ausschnitt ihres Dirndls eine Zumutung für die Fülle ihrer Brüste. Zwei Helle nach Feierabend, auf seine Rechnung, hatte sie ihm auch nicht ausgeschlagen. Ein wenig kannten sie sich ja bereits, von sporadischen Besuchen in der Einbachmühle, wenn Angela nicht die Zeit gefunden hatte zu kochen, aber seit ihrem Unfall war er nur noch selten in Tölz essen gegangen; zu deutlich bemühten sich die Leute, ihn nicht anzusehen, hielten sich schützend eine Hand vor die Lippen, ihren Begleitern etwas zuflüsternd, nickten einander wissend zu oder tätschelten im Vorübergehen seine Schulter, wortlos. Ein Wirt weigerte sich sogar, sein Geld anzunehmen, das wäre das Mindeste, meinte der, das Mindeste. Susanne jedoch behandelte ihn nicht wie einen Witwer, dessen Tage gezählt sind; er hatte ihr erzählt, wie es zu dem Unfall gekommen war, und sie hatte kommentarlos zugehört, ihn nicht unterbrochen. Wollte er reden, redeten sie miteinander, und wollte er nicht reden, schliefen sie miteinander. Susanne vermittelte ihm das Gefühl, zu begreifen, was in ihm vorging, wie er funktionierte, und das weitaus besser, als es Angela je gelungen war. Ab und zu grübelte er, ob Angela sich vielleicht von ihm gewünscht hatte, ihr genau dieses Gefühl zu geben. Und dann vermisste er sie besonders.

Machte ihm sein neues Glück Angst? War er zu sehr einverstanden mit dem Ableben seiner Frau? Zeigte er nicht ausreichend Respekt? Keine Reue?

Nein, ach nein. Alles falsche, verräterische Gedanken. Eine Tote verlangt keinen Respekt, sie verlangt Zeit, die über ihr Grab wächst. Wenn sich alle Lebenden nach den Toten richteten, wo kämen wir hin?

5

An einem ganz alltäglichen Vormittag im Büro war ein Anruf von daheim zu ihm durchgestellt worden. Nur drei Worte hatte Simon in den Hörer gekrächzt: »Mama ist tot.« Luft war in seine Lungen gerauscht, er hatte sie eingesogen und kein Ende gefunden, mehr und mehr, in sich rein, bis ihm schwarz vor Augen geworden war. Ein fettleibiger Sanitäter befühlte seinen Puls, als er aufwachte. Sie muss in seinen Augen gestanden haben, die eine Frage, denn das Dreifachkinn über ihm wabbelte sofort und sagte: »Keine Sorge, Ihr Herz läuft.« Eine gute Nachricht, hatte er gedacht, und gleich darauf: Nichts darf jetzt als gut bezeichnet werden.

Sobald die Polizei es zuließ, holte er den Teppich aus dem Wohnzimmer, zog ihn prustend hinter sich her, Stühle und Tische verrückend, und legte ihn über die Stelle im Eingangsflur. Es wäre nicht gut gewesen, diese Stelle tagein, tagaus zu sehen. Der Teppich bedeckte sie wie die Mispeln Angelas Grab, und als er so geglättet dalag, kam ihm diese Idee: Er könnte auf die Knie fallen, sich auf dem Boden rollen, gequält von einem nicht körperlichen, aber doch so ursprünglichen Schmerz, im Büro anrufen, kündigen, Nahrung verweigern, sich stinkend und übernächtigt in einer dunklen Nische verkriechen, die Arme um die angezogenen Beine schlingen, jammern und darauf warten, darauf hoffen, dass der plötzliche Tod zum zweiten Mal an die Tür klopft.

Aber er fuhr zur Arbeit. Und am Tag darauf gleich wieder. Im Büro wollten sie ihm Urlaub geben – er lehnte ab, lächelte ehrlich, nickte und bat um weitere Aufträge, die sein Vorgesetzter ihm nicht ausschlug. Er begann sein Training, lief bei Schneeregen, Minustemperaturen, rekordverdächtigen Hitzetagen. Er verkaufte den amerikanischen Kühlschrank, den er Angela zum Geburtstag geschenkt hatte, und stöberte ein gebrauchtes Exemplar ihres alten auf; nachdem es angeschlossen und mit Lebensmitteln gefüllt war, fühlte er sich, als habe er eine gute Tat vollbracht, als habe er Angela etwas geschenkt, das sie sich schon seit langem gewünscht hatte. Er lernte Susanne kennen, liebte sie mit der Kraft, die er aus einer Leere zog, die sich als wahrer Lebensquell erwies: das Alleinsein. Bat sie ihn um etwas Abstand – zeitlich belief sich der meist auf ein Wochenende, an dem sie mit ihrem Exmann und ihrer gemeinsamen Tochter einen Ausflug zu den Großeltern machte, um denen das Glück vor der Scheidung vorzugaukeln –, bestellte er Sylvia in die Wohnung. Fürs Putzen und ein paar andere Sachen. Bevor sie kam, besorgte er einen Kasten Bier. Bei einer kühlen Flasche Frankfurter Braun unterhielt er sich später dann mit ihr über das, was sich die Leute erzählten. Die neuesten Gerüchte zu Angelas Unfall.

Für ihn war Philipp Thelen lediglich ein vom Pech auserkorener Zufallskandidat, eine willkürliche Person, die zur falschen Zeit am falschen Ort gesehen worden war und so mit einem Unfall in Verbindung gebracht wurde, an dem er keine Schuld trug. Die ganze Sache gab doch eigentlich keine Rätsel auf: Angela war vom Einkaufen zurückgekehrt Punkt Jemand hatte geklingelt Punkt Vielleicht Philipp Thelen Punkt Vielleicht nicht Philipp Thelen Punkt Angela wollte den Hörer der Sprechanlage abnehmen Punkt Dabei rutschte sie auf dem Fußabtreter aus Punkt Ihre Einkäufe verteilten sich auf dem Parkett Punkt Sie verlor das Gleichgewicht Punkt Sie fiel mit dem Kopf auf die Treppenstufe im Eingangsflur Punkt Punkt Punkt

Aber: Noch am selben Tag verschwand Philipp Thelen. Zuletzt hatte ihn ein Gast der Einbachmühle zum Unfallzeitpunkt vor ihrer Haustür gesehen. (Allerdings war der nicht mehr ganz nüchtern.)

Und: Alle Fahndungen liefen ins Leere. Somit konnte Philipp Thelen – in den Augen der meisten Bewohner von Bad Tölz – nur eins sein: der Mörder. Doch er schenkte immer noch lieber einem Gerichtsmediziner das Vertrauen als einem absurden Artikel in der *Voralpenländischen Morgenpost*, der nahegelegt hatte, Philipp Thelen habe einer wehrlosen Hausfrau das Genick gebrochen.

Während er mit Sylvia über derartigen Unsinn sprach, befreite er sie nach jeder Flasche Bier von einem Kleidungsstück. Mit ihr teilte er nie die großen Dinge; wie er sich fühlte, Katrin und Simon, die Arbeit. Dafür traute er ihrem losen Mundwerk zu viel zu. Es machte überhaupt keinen Spaß, mit Sylvia zu reden. Nur war es die einzig wirksame Methode, sie zu entblättern. Solange sie redeten, redeten sie eben, und zogen sich nicht aus, auch wenn sie genau das taten. Waren sie erst einmal nackt, gab es nicht mehr viel zu reden.

Das war dann schon in Ordnung.

6

So wäre sein Leben wieder zur Ruhe gekommen, hätte er sich nicht die Mühe gemacht, Ordnung in Angelas Unterlagen zu bringen. Er verbrachte einen sonnigen Samstagnachmittag zu Hause, verteilte ihre Papiere auf drei Dutzend Stapeln im Wohnzimmer, Versicherungen hier,

Kontoauszüge dort, Rechnungen da, bis ihm ein Brief auffiel, ohne Adresse, nur mit einem schnörkeligen Namen auf dem Kuvert: *Angela*. Er öffnete ihn, las, stockte, las weiter und hörte nicht auf zu lesen, bevor er nicht am Ende angelangt war, die gereimten, kryptischen Sätze ein Gewirr aus Emotionen, gebündelt in zwei Worten, die den Schlusspunkt des Briefes markierten: *Philipp Thelen*.

An diesem Samstag zog er sich rasch etwas über, stieg ins Auto. Auf dem Weg hörte er Radio bei voller Lautstärke, die Musik und das Gequatsche der Moderatoren zerhackten seine Gedanken. Die restliche Konzentration widmete er der Straße, den Fußgängern, den Verkehrszeichen. Im Büro angekommen, nahm er sich die Arbeit für die kommende Woche vor, und auch die der zwei Wochen danach. Mit gekrallten Händen hämmerte er Angebote und Rechnungen in die Tastatur des Computers, bis seine Fingerspitzen schmerzten, trank schwarzen Tee, um wach zu bleiben, hastete jedes Mal, Beträge und Kundennummern lautstark rezitierend, auf die Toilette, um das Denken auszuschalten, und wurde Montagfrüh an seinem Schreibtisch wachgerüttelt: »Was ist passiert?«

Man schickte ihn mit dem Taxi nach Hause. Er schloss die Tür zur Wohnung auf und setzte sich auf den Teppich. Mittlerweile mochte er ihn. Wäre der Teppich nicht gewesen, er hätte Angela längst hinter sich gelassen; der Teppich machte ihn zu einem besseren, einem moralischen Menschen. Solange der Teppich im Eingangsflur der Wohnung lag, war Angela nicht vergessen. Ein tröstliches Gefühl von Heimkehr. Der Teppich war gut, war ein weinrot gefärbtes Rechteck Nostalgie; er begrüßte als Erster, verabschiedete als Letzter, treuer und verlässlicher als jedes erdenkliche Haustier.

Er rief Susanne an, bat sie, sich einen Tag freizunehmen. Ohne ihre Antwort abzuwarten, unterbrach er die Verbindung und legte sich auf den Rücken. Die borstigen Haare des Teppichs kratzten an seinen Unterarmen und seinem Hals, aber er fühlte sich behütet, wie auf einem Boot, um ihn herum ein bedrohliches Meer, darin ein Brief, der seine Gedanken fressen konnte.

Dann klingelte Susanne. Bevor er ihr öffnete, überprüfte er, ob er weit genug entfernt von der Treppenstufe stand. Mit sorgenvollen, wissbegierigen Augen, aber geschlossenen Lippen küsste sie ihn, nahm ihn an der Hand, blieb für einen Augenblick auf dem Teppich (*Hallo, Susanne, willkommen!*) vor den Papierstapeln stehen und zog ihn hinter sich her in die Wohnung.

Jeden Abend und jeden Morgen danach, zu einer Zeit, in der er zu müde war, um seinem Denken keinen freien Lauf zu lassen, nach dem Aufwachen, vor dem Einschlafen, sagte er sich, dass Angela den Brief aus reinem Amüsement aufgehoben habe. Eine harmlose Schmeichelei. Nichts weiter. Doch eine Stimme, die ihn in den Sechzigern stets ein Kondom hatte gebrauchen lassen, die ihn zwang, Quittungen im Restaurant nachzurechnen und von jeder seiner Unterlagen mindestens eine Kopie aufzubewahren, erhob Einspruch. Sie verlangte Gründlichkeit, eine Ordnung der Dinge; sie verlangte Gewissheit; sie verlangte, dass er Katrin und Simon einlud. Dass er nachforschte.

7

Nun warteten beide auf seine Rückkehr. War es schon sieben? Ein bitterer Geschmack legte sich auf seine Zunge, als er einen zweiten Versuch wagte, sich am Baum abstützte und nach oben zog. Er musste aufstoßen. Der erkaltete Schweiß war unangenehm, die Muskeln an seinem Oberschenkel drohten zu verkrampfen.

Er ging es langsam an.

Mit einem gelangweilten Gesichtsausdruck verfolgte Maria seine ersten, zögerlichen Schritte, bis er sich aus ihrem Blickfeld entfernt hatte.

Mauerfall, 1989

Ich habe versucht, mir vorzustellen, was Hannes empfand – war er zornig? War er wütend? Enttäuscht? Oder akzeptierte er es mit derselben Gelassenheit, mit der er uns ältere Geschwister toleriert hatte, wenn wir ihn ärgerten? Ich glaube fest daran, dass er uns nicht böse ist. Wir wollten das nicht. *Sie* wollte das nicht. Seine Gegenwehr reichte einfach nicht, in ihren Armen schlief er ein. Ich glaube daran, dass er uns verziehen hat. Ich glaube, er war nicht enttäuscht.

Lieber wäre mir aber, ich könnte sicher sein.

»Vielleicht ein schönerer Abgang als viele andere«, meinte Marco; da waren wir schon gute Freunde.

Vater ging nicht zu seinem Vorsprechen; wir erfuhren nie, ob sie ihn genommen hätten. Das einzig Gute an jenem Tag, der den Sommer beendete, war die Gewissheit, dass Vater nicht den geschäftstüchtigen Rabenvater spielen würde. Wie wir alle übte er sich in neuen Rollen. Seine erste: Handwerker. Er schuftete den ganzen Tag und die halbe Nacht in den zugigen Zimmern des Hauses; er hatte sich in den Kopf gesetzt, Wohnraum zu schaffen, für jeden von uns. Als das erste Zimmer fertig war, gegenüber von Miriams und meinem, fragte ich ihn, für wen es wäre. (Ich dachte, ich könnte Miriam animieren, zu sprechen, indem ich ihre Rolle klaute.)

»Für Hannes«, sagte er.

Mutter schlüpfte in eine ähnliche Rolle. Sie brachte unser Fernsehgerät zum Sperrmüll und schnitt ihren Verband auf, trug nur noch ärmellose oder hochgekrempelte Hemden, damit jeder die Narbe sehen konnte. Sie schätzte es, wenn jemand sie darauf ansprach, aber sie erschreckte auch viele Leute, weil sie jedem erklärte, das habe ihr jener Rottweiler zugefügt, der ihren Sohn umgebracht hatte. Nach den Sommerferien beendete sie ihren Mutterschaftsurlaub und unterrichtete mehr Klassen als je zuvor. Wir vermissten sie beim Mittagessen. Wenn ich abends ins Bett ging, saß sie noch über Schularbeiten gebeugt. Nachts schlief sie nicht mehr bei Vater im Dachgeschoss, sondern in Hannes' Zimmer, das bald zu ihrem wurde. Mir gab Mutter nur ein Gefühl: Ich durfte sie nicht enttäuschen. Wegen Hannes. Ich durfte keine schlechten Noten schreiben, kein Widerwort sprechen, ich musste immer aufessen, so fad Blumenkohl auch schmeckte. Hätte ich es nicht getan, es wäre respektlos gewesen, gegenüber ihr und Hannes. Manchmal sperrte sie sich ein ganzes Wochenende lang in seinem Zimmer ein und verließ es nicht einmal für eine Mahlzeit. Nachts hörten Miriam und ich, wie sie durchs Haus schlich, aber wir wagten es nicht, ihr zu begegnen. Wir wussten nicht, ob das Mutter gewesen wäre. Und trotzdem dachte ich, in so mancher Nacht, dass ich an ihre Tür klopfen sollte. Hätte sie mich hereingebeten?

Ich besuchte oft den Spielplatz, setzte mich in das Karussell und wirbelte mich durch die Luft, bis mir schwindlig und übel wurde. Nur so ließ das bedrückende Gefühl ein wenig nach.

Wir alle versuchten, für Miriam da zu sein. Aber es war schwierig. Vater ließ sie bei sich im Bett schlafen; ich verkniff es mir, sie zu ärgern und nahm sie mit zum Spielplatz; Mutter kaufte ihr einen Haufen Sachen, vor allem Kleider, schenkte ihr sogar Schmuck aus der Schatulle ihrer Mutter.

Miriams Rolle war leicht zu spielen und schwer zu ertragen. Die Lehrer bewiesen viel Geduld mit ihr. Sie zog die Kleidung an, die man ihr gab, aß und trank, was gerade vorhanden war, und tat, was man von ihr verlangte. Es wurde still in unserem Bauernhaus; als hätten wir nicht nur Hannes verloren.

Während Mutter eines Nachmittags draußen die Wäsche aufhängte, setzte sich Miriam auf den Herd und spielte an den Schaltern herum. Diese Herdplatten waren alt; es dauerte stets eine ganze Weile, bis sie heiß wurden. Ich weiß nicht, was Miriam sich dabei gedacht hatte, sie muss die Wärme an ihren Oberschenkeln gespürt haben, aber vielleicht wollte sie testen, wie lange sie es aushalten würde. Genauso wie sie es aushielt, stumm zu sein. Miriam schrie nicht einmal. Mit feuchten Wangen fiel sie auf den Küchenboden, ihr Körper zuckte unkontrolliert wie bei einem Epileptiker. Als Mutter sie in der Küche fand, sah sie als Erstes die entzündete, gewellte Haut. In den darauffolgenden Wochen schälte sie sich. Lange Zeit konnte Miriam nicht mehr sitzen und musste auf dem Bauch schlafen. Wortlos rieb sie sich täglich mit einer speziellen Salbe die Oberschenkel ein. Aber die Spuren der Verbrennung sind bis zum heutigen Tag nicht verblasst.

An einem Tag irgendwann danach betrat Vater das Haus mit einer großen Plastikkiste, in der sich etwas bewegte, bat uns alle ins Wohnzimmer, verschloss Fenster und Türen und öffnete die Kiste. Zunächst passierte nichts, dann sprang eine pechschwarze Katze ins Licht und rammte ihre Krallen in den Teppichboden.

»Nicht!«, rief Vater und nahm sie auf den Arm. Ich streichelte die Katze und sie schnurrte; es war ein angenehmes Gefühl von Wärme.

»Sie ist schön.« Vater lächelte mich zufrieden an. Wir beobachteten beide, wie Miriam sich der Katze näherte. Sie streckte eine Hand nach dem schwarzen Fell aus.

»Willst du sie nehmen?«, fragte Vater sanft. Das war die Stimme, die er nur benutzte, wenn er mit Miriam sprach. Meine Schwester nickte zögerlich, und Vater überreichte ihr die Katze. Das Schnurren wurde noch lauter.

»Wie ein Motor«, sagte Vater. Das war es vielleicht auch. Der Motor, den wir brauchten, um weiterzulaufen.

»Leg das Tier auf den Boden.«

Miriam gehorchte postwendend.

Mutter stand mitten im Raum und sah keinen von uns an. Sie strich mit ihren Fingern über die Narbe, wie sie es oft tat. »Paps? Du bringst das dorthin zurück, wo du es herhast.«

»Aber …«, begann ich.

»Hat dich jemand um deine Meinung gebeten?«

Vater sah verzweifelt aus, hilfesuchend blickte er mich an. »Hannes ist …«

Ich wollte schreien, sie beide anschreien, sie sollten nett sein zueinander, so wie Marcos Eltern nett zueinander waren. Ich wollte ihnen das befehlen, aber jemand anderer kam mir zuvor.

»Wie heißt sie?«, fragte Miriam. Sie kniete am Boden und schmuste mit der Katze. Unsere Eltern sahen Miriam an, als hätten sie eine Stelle am Boden entdeckt, die ihnen nie zuvor aufgefallen war.

Vater fand als Erster seine Stimme wieder. »Wir können ihr jeden Namen geben, den du willst. Du musst es nur sagen.«

Die Anspannung entlud sich; Vater und Mutter und ich warfen einander um bei dem Versuch, Miriam gleichzeitig zu umarmen. Schon immer war sie gut darin gewesen, die Worte und Gefühle anderer zu deuten, ein Gleichgewicht zu schaffen. »Typisch Miriam«, sagte Mutter, »unser kleiner Hobbypsychologe.« Es war eine Gabe, um die ich sie beneidete.

Den Abend verbrachten wir damit, uns gegenseitig verschiedene Namen vorzuschlagen, doch keiner stellte Miriam zufrieden. Als Marco anrief und mich aufgeregt drängte, das Radio einzuschalten, waren wir alle dankbar für die Ablenkung.

Jemand grölte. Zunächst begriff keiner von uns, was passiert war. Feuerwerkskörper, Jubelschreie, Gesang, Autohupen. Endlich setzte sich der Sprecher wieder gegen den Lärm durch: »Am neunten November neunzehnhundertneunundachtzig ist die Mauer gefallen. Die Mauer ist gefallen!« Bald übertönten ihn die Menschenmassen mit einem einzigen Ruf, der von überall zu kommen schien, laut und unbeugsam: »*Wir* sind das Volk! *Wir* sind das Volk!«

Miriam fragte: »Und wir?«

Mutter, die geistesabwesend mit Vaters Nackenhaaren spielte, hörte sie, glaube ich, nicht, und ich wollte nichts Falsches sagen und kraulte lieber die schnurrende Katze auf meinem Schoß.

»Wir auch«, sagte Vater.

Er wusste gar nicht, wie recht er damit hatte. Miriam war schlau gewesen und ich dumm. Natürlich waren wir fünf (davor *und* danach) auch ein Volk. Das Volk dieser Familie. Wir waren Familie. Miriam sagte einmal, der neunte November war ein Tag voller Träume, Wünsche, Hoffnungen. Sie wurden einfach so in die Welt gesetzt. Als könnten sie erfüllt werden. »Aber darum geht es gar nicht«, sagte sie, »es geht nur darum, dass es sie gibt.«

In Erinnerung an diesen Tag – an unsere eigenen Träume, Wünsche, Hoffnungen – erhielt die Katze ihren Namen. Es war ein guter Tag, für Tausende von Menschen, und nicht weniger für uns. Wir nannten sie Mauerfall. Und sie lernte erstaunlich schnell, auf diesen Namen zu hören.

Willst du das auch, 1989

Wann und wie genau Miriam den Ernst einer Situation erfasste, konnte ich nur schlecht einschätzen. Die Tür zu Hannes' Zimmer bedachte sie oft mit argwöhnischen Blicken. Ich habe nie beobachtet, wie Miriam sich ihr näherte; sie schien zu schleichen, wenn sie an der Holztür vorbeilief, und einmal, als ich auf dem Flur stand und ihren Namen rief, weil sie mich ausgesperrt hatte, öffnete sie mir, sah mich aufgeregt an und machte streng *Pst!*. Sie deutete auf die gegenüberliegende Tür, hinter der sich allein Mutter aufhielt.

»Das ist Hannes' Zimmer!«

Sie musste nicht essen, was auf den Tisch kam, schlechte Noten wurden ohne Kritik geduldet, und stellte sich heraus, dass sie gelogen hatte, deuteten wir das als Halbwahrheit. Wenn sie ihre Sachen aufräumen sollte, sagte sie: »Zimmeraufräumen ist doof.«

»Sag so was nicht«, tadelte sie Vater und beließ es dabei. Nach der Schule wurde ich dann dazu verdonnert, ihren Kram zu ordnen.

Marco fand Vater und Mutter nicht streng genug. »Wird ein freches Ding werden«, meinte er, »wird ihr gefallen. Ist ein gutes Gefühl.« Ich dachte daran, dass

Marco derjenige war, der mir ein Veilchen verpasst hatte.

»Das finde ich nicht«, sagte ich, »fühlt sich gar nicht gut an.«

Marco fixierte mich mit jenem schlitzohrigen Blick, den er oft aufsetzte – das Einzige, was er seinen bayerischen Mitschülern bisher abgeguckt hatte.

Das Pfeifen unserer Stimme, was wir auf der Toilette machten, die entzündeten Pickel, die uns wie Masernflecken befielen, diese Details teilte ich mit Marco. Und nicht zuletzt das Unvermögen, bayrisch zu sprechen. Zwar bemühte ich mich, den Dialekt meiner Klassenkameraden zu imitieren, jedoch endeten diese Versuche mit Zeigefingern, die auf mich deuteten, Lachen und einem bayrischen Wort: *Preiß*. Zudem war mein Interesse an Fußball, generell an Sport, äußerst gering; keinen einzigen Spieler von Bayern München kannte ich beim Namen; ich war in keinem Verein; und Volksfeste, mit Tombola, Bratwürsten und Schlagermusik, mied ich. Marco war da nicht anders. Ob das an seiner Herkunft lag, war mir einerlei. Ich war zufrieden, glücklich; da gab es jemanden, der mir im Nicht-Sein und Nicht-Mögen glich.

Jeden Dienstag und Donnerstag fuhr Marcos Mutter ihn nach Bad Tölz zur Schwimmhalle; dort zog er zwei Stunden lang seine Bahnen. Marco hatte ein breites Kreuz, Arme mit dem Umfang meiner Oberschenkel, und indem er die richtigen Muskeln anspannte, konnte er seine Brust bewegen; rein äußerlich eilte er mir mindestens zwei Jahre voraus. Spazierte ich an seiner Seite über den Pausenhof, fürchtete ich mich nicht davor, dass mich ein Halbstarker aus der Oberstufe anrempelte.

»Musst mitkommen! Macht *so eine* Taille«, sagte Marco. »Und bei Steffi Hauser hast du dann auch mehr Chancen.« Das wusste ich, das wurmte mich. Steffi Hauser würde es garantiert gefallen, wenn die weiche, speckige Masse, in die sich mein Körper hüllte, fest und straff werden würde.

Bad Tölz war nur fünfzehn Minuten mit dem Auto entfernt. Jedoch konnte mich niemand hinbringen. Mutter war tagsüber nicht zu Hause; und Vater schloss sich stundenlang ein, um an seiner neuesten Rolle zu arbeiten: Drehbuchautor. Die Busverbindungen waren schlecht. Als einzige Möglichkeit wäre mir geblieben, Marco zu begleiten. Eine furchtbare Vorstellung: beim Sport beobachtet werden. Lieber duldete ich die spöttischen Rufe in der Schule, die auf meinen Rücken geklebten Zettel, das Gekicher, wenn ich im Sportunterricht wie ein nasser Sack an einem Seil hing, das ich hochklettern sollte.

All das erklärte ich Marco, und trotzdem gab er nicht auf. Lange schwärmte er mir von den Muskeln vor, die man an den ungewöhnlichsten Körperstellen entdecken würde; es hörte sich an, als würde man sich Muskeln besorgen, sie einkaufen. Er zeigte sie mir, jeden einzelnen, sogar seine Hose ließ er herunter und wollte mir demonstrieren, wie stark er seinen Po anspannen konnte. Ich bat ihn, sich wieder anzuziehen. »Das glaub ich dir schon.«

Und dann küsste er in einer Woche drei Mädchen. Für mich unglaublich: Diese hübschen Mädchen, jedes von ihnen ein Ebenbild meiner intimsten Fantasien, ließen sich von Marco küssen, dem Jungen, den niemand mochte – außer mir. Zwar streckten sie ihm danach die Zunge raus, aber davon ließ ich mich nicht täuschen. Den Genuss in ihren halbgeöffneten Augen, als er sie küsste, hatte ich erkannt. Er fragte: »Willst du das auch?«

Am nächsten Tag begleitete ich ihn ins Schwimmbad. Ich bestand darauf, nur zuzusehen. Der Bademeister zwang mich jedoch, alle Klamotten auszuziehen, bis auf eine kurze Badehose, die mir unangenehm ins Fleisch schnitt, und mein T-Shirt, das die Fettpolster am Bauch verbarg.

»Egal was passiert, musst einfach nach oben schwimmen. Nach oben!«, rief mir Marco zu und sprang vom Fünfer. Athletisch sah das aus, wie sein durchtrainierter Körper ins Wasser glitt. Ein Ding der Unmöglichkeit, dass ich je vom Fünfer springen würde – platschend und schreiend die Wasseroberfläche durchbrechen, ein Betonfass, das vom Brett geworfen wurde. Danach überall krebsrote, brennende Stellen. Wie gefährlich es aussah, wenn Marco sich der Sprungplattform näherte! Bei jedem Sprung war ich davon überzeugt, er würde ausrutschen und sich das Genick brechen. Jedes Mal winkte er mir, bevor er sprang, und die anderen Leute im Schwimmbad sahen mich an, als wäre ich seine Freundin. Marco wirkte stolz, und das konnte er auch sein. Er hatte zwar kein hübsches Gesicht, aber einen schönen Körper. Ich hatte nur eine schreiend gelbe Badehose, die mir die Genitalien abklemmte, ein T-Shirt, das von einer Gruppe Kleinkinder nass gespritzt worden war, und keine Ausrede, warum ich nicht ins Wasser kam.

»Bin erkältet«, sagte ich zu Marco, der vor mir auftauchte, »ich sollte nicht schwimmen.«

»Warum bist du dann mitgekommen?«

»Um das hier mal zu sehen.«

»Hast du jetzt. Komm rein!«

Einige Kleinkinder im *Schwimmflügelbereich* schlossen sich ihm an. »Komm rein!«, riefen sie mit quäkenden Stimmen. Marco wandte sich zu ihnen um, mit seinem typisch düsteren Gesichtsausdruck, und sie verstummten.

»Komm schon, wird Spaß machen. Was soll 'n Steffi Hauser denken?«

Ich weigerte mich.

Als Marco weiter seine Bahnen zog, fiel mir eine Frau auf. Eine erwachsene Frau, groß, sehr groß, dunkelbraunes Haar, kein Mädchen wie Steffi Hauser, keine werdende, sondern eine gewordene Frau, die einen Badeanzug trug und darunter nichts. Ihre Brüste hüpften fröhlich, als sie zur Dusche stolzierte – sie schien sich ihres Aussehens bewusst. Durch das Polyester drückten sich die Brustwarzen; da der Stoff beige war, meinte ich sogar eine purpurrote Verfärbung auszumachen.

Ich rannte auf die Herrentoilette.

Meine darauffolgenden Besuche im Schwimmbad gefielen mir schon besser. Manche der Frauen war jünger, manche reifer, manche vollbusiger, manche knabenhafter, manche weniger bekleidet, manche keuscher, aber sie alle schenkten mir ein paar Sekunden absoluten Glücks. Was ich nicht über sie wusste, erschuf ich in meiner Fantasie. Zinnoberrote, lachsrote, scharlachrote, weinrote Brustwarzen, zinnfarbenes, schwarzes, krauses, kurzes, buschiges Haar, heftige, sanfte, gierige, geflüsterte Laute, fließende, brutale, fordernde, hingebungsvolle Bewegungen, geöffnete, halbgeöffnete, geschlossene Augen.

KATRIN

1

Am elften Oktober erinnerte sie ihre Mutter daran, dass sie einen neuen Korkenzieher benötigten – der alte brach die Korken immer schon im Flaschenhals ab –, und richtete damit die ersten Worte an Angela seit dem letzten Besuch, zum Fünfundvierzigsten, in der Hoffnung, dass später, in entspannter Atmosphäre, noch eine ganze Menge versöhnlicher folgen würden; im Küchenschrank warteten einige Merlots darauf, dass man mit ihnen auf Simons bestandene Eignungsprüfung anstieß. Dann küssten sie einander flüchtig auf die Wange – ihr entging nicht das erleichterte Lächeln ihrer Mutter – und trennten sich vor der Haustür. Sie spazierte zum Tölzer Bahnhof, Angela Richtung Tengelmann.

2

Sie war zu alt für so etwas und beherrschte sich, ihrer Meinung nach, schon recht gut, sogar ziemlich gut, aber sie wollte es sich nicht nehmen lassen, ihrem Bruder um den Hals zu fallen. Liebe eben. Geschwisterliebe! Das konnte ihr niemand nehmen. Simon jedoch löste seine starre Haltung kaum, als sie an ihm baumelte, tätschelte nur ihren Rücken und trat, als sie losgelassen hatte, einen Schritt zurück.

»Sicherheitsabstand?«, fragte sie.

Er antwortete: »Damit du mich nicht frisst.«

Sie kläffte hell wie ein Pinscher.

»Ich dachte, du hasst Hunde.«

»Nur die großen, fetten Exemplare.«

Sie widerstand der Versuchung, seine Hand zu nehmen; in ihrer Vorstellung war sie warm, aber nicht verschwitzt. Simon war vierundzwanzig, sie selbst gerade einmal neunzehn, zwischen ihnen sechs Jahre, nicht genügend Zeit. Sie vergrub beide Hände in den Hosentaschen ihrer Jeans, als besäße sie keine. Und das war gut so; mit ihren Ellbogen konnte sie ihn nicht anfassen.

Im Laufschritt überquerten sie die Straße, und Simon kniff ihr in den Po. Sie stieß einen hohen Schrei aus und sah sich erschrocken um, dann rempelte sie ihn an: »Das tut mir aber leid.« Wenn er sie kniff, wenn er seine Finger fest in ihre Rippen wie in Klaviertasten schlug, wenn er ihr mit dem Gartenschlauch drohte, wenn er ihr bedeutungslose Gemeinheiten zuflüsterte, wusste sie, dass er sie liebte. Und sie liebte ihn zurück, zog den Stecker raus, während er fernsah, leckte ihm über die Wange, steckte ihm Eiswürfel in den Hemdkragen. Das war besser, weitaus besser als Umarmungen und Händchen halten.

Sie schubsten und zogen sich nach Hause. Der Bürgersteig war gepflastert mit Herbstblättern, das Muster eines Fleckerlteppichs. Morgens, solange der Reif noch frisch war, knirschte das Laub unter Stiefeln und Schuhen, aber jetzt, am Nachmittag, war es, als spazierten sie auf einem Schwamm.

Durch den mit schwarzem Granit gefliesten Eingangsflur der Buchenerstraße 31 zogen sich lehmfarbige Abdrücke von einem Paar Wanderstiefel. »Sauerei«, bemerkte Simon und putzte seine Schuhe am Fußabtreter ab. Vier Treppen weiter oben stand die Tür einen Spalt breit offen. Der Wohnungsschlüssel steckte noch im Schloss. Simon schob die Tür auf, sie drückte sich an ihm vorbei. Ihr Bruder rührte sich nicht, sein Arm schwebte in der Luft, die von der Kälte geröteten Finger zitterten wie Fühler, als versuchten sie zu erspüren, was er seinen Augen nicht glaubte. Ihre Mutter lag am Boden, einen Arm von sich gestreckt, der andere war unter ihren Oberkörper geklemmt, die Beine angewinkelt, von Gefrierpackungen tropfte Wasser, eine Packung Hackfleisch war aufgeplatzt, eine Butter versank schmelzend im Parkett, auf Angelas Wange lag eine Wollmaus und ... Simon bedeckte ihre Augen mit seinen Händen. Drei Dinge fielen ihr nacheinander ein; zuerst – und dafür schämte sie sich noch lange Zeit – dachte sie an einen Lappen, ein Tuch, einen Eimer mit heißem Wasser und Putzmittel. Dann – schnell, schnell, das Nächste, etwas Wichtigeres – bemerkte sie die Wärme seiner Hände und wie angenehm sie rochen; Simons Hände waren weich, ohne Schwielen, sanft legten sie sich auf ihre Augenhöhlen. Sie atmete den würzigen Geruch zwischen den Fingern. Da kam das Licht zurück. Simon sagte: »Ruf an.« Liebevoll drückte er sie in Richtung Telefon. »Ruf an!« Aber sie ging in die Hocke, ließ sich nach vorn fallen und spürte

Feuchtigkeit an den Knien. Sie blinzelte; es brauchte mehr als einen Versuch, um zu begreifen, was sie sah. Ihr dritter Gedanke: *Ich habe mich gefreut, ich habe mich so darauf gefreut, mit dir und Simon und Erich zu feiern, ich habe mich darauf gefreut, dass du stolz auf Simon bist, dass du ihm einen Kuss nach dem anderen auf die Wange drückst, ich habe mich darauf gefreut, mich bei dir für letztes Mal zu entschuldigen, und stattdessen, stattdessen liegst du jetzt hier und … und … und ich freue mich nicht.*

Simon riss sie nach oben, bevor sie vornüberkippen konnte. Im selben Moment roch sie das Parfum, *en passant.* Er stellte sie auf die Beine und brachte sie zum Sofa, nahm das Telefon, wählte und brüllte ihre Adresse in den Hörer. Danach brachte er sie nach draußen; dort warteten sie schweigend. Nach wenigen Minuten heulte eine erste Sirene auf, Fahrzeuge hielten auf der Straße. Das Blaulicht bereitete ihr Kopfschmerzen. Einer der Polizisten rutschte auf dem feuchten Laub aus. Sie fand das komisch, sie lachte, zeigte auf ihn und lachte, trocken und stimmlos, bis Simon ihre Hand nahm und festhielt und die Finger miteinander verwuchsen, dass seine zu ihren wurden und ihre zu seinen.

3

In der Nacht weckte sie das rhythmische Brummen ihres Mobiltelefons, das vibrierend auf die Tischkante zuwanderte.

Sie räusperte sich. »Hallo?«

»Hier ist Philipp – wo bist du?«

»Es ist ... was passiert.«

»Erzähl's mir später. Ich bin in München. Hast du Lust?«

Hatte sie. Hatte sie immer. Besonders jetzt. Sie musste zu ihm. Ja, das war das einzig Richtige. Zu ihm hin. Bei ihm sein. Das musste sie tun. Das wollte sie. Zu Philipp.

Sie konnte Simon nicht ausreden, sie zum Bahnhof zu bringen, immerhin war es mitten in der Nacht, er bot ihr sogar an, sie nach München zu fahren, aber sie lehnte ab; sie wollte so lange wie möglich allein sein, bevor sie Philipp sah, wenigstens die Dreiviertelstunde, die der Zug von Bad Tölz nach München brauchte. Es war, als blickte sie in die eine Richtung, solange sie im Kreis ihrer Familie war, und in die entgegengesetzte, sobald Philipp auftauchte. So jemanden wie ihn stellte man seiner Familie nicht vor. Zuerst einmal war er dafür zu jung, noch keine siebzehn, er hatte die Schule abgebrochen, arbeitete schwarz für einen Schreiner, rauchte zu viel, und mit seinem Vater hatte er zuletzt vor Wochen ein Wort gewechselt. Philipp meldete sich oft zu später Stunde; das letzte Mal an jenem Abend, als sie mit ihrer Mutter und drei Flaschen Prosecco ihren Fünfundvierzigsten nachgefeiert hatte. Doch so fest sie sich auch vornahm, Philipps nächsten Anruf zu ignorieren – kaum bot sich eine Gelegenheit, griff ihre Hand zu, ihre Stimme meldete sich, ihr Herz pochte. Und sprach sie erst einmal mit ihm, fühlte sie sich so frisch, dass es keinen Grund mehr gab, sich über fehlenden Schlaf zu beschweren.

Hoffentlich übernachtete er heute bei ihr. In ihrem ersten Jahr als Studentin hatte sie sich in München nicht besonders wohl gefühlt, zu weit außerhalb befand sich ihre Wohnung; außerdem kannte sie niemanden in Neu-Perlach. Aber seit sie mit Philipp zusammen war, sah sie das anders. Ihre Wohnung war außerhalb von allem, nicht mitten im Zentrum, sondern fern von zu Hause und fern der Stadt, so etwas wie ein Außenposten, nur für sie beide. Dort würden sie heute Nacht zusammen sein. Bestimmt würde er bei ihr bleiben. Nach so einem Tag. Das musste er. Das würde er. Sicher. Das war seine Pflicht – oder brauchte er schon wieder Geld? Sie konnte ihm nichts abschlagen. Liebe eben. Kann man nichts gegen tun. Sie wusste ja, sie hatte alles im Griff. Vollkommen rational. Vollkommen. Sie durchschaute, warum sie nun im Zug saß, hinter ihr eine Wohnung mit Polizeiklebern auf der Eingangstür, Simon auf dem Sofa, Erich allein im Bett, und vor ihr Philipp am Bahnsteig, Philipps vielsagende Blicke, Philipp im Spiegel ihres Schlafzimmers. Ja, natürlich, mit Philipp stieg und fiel ihr Leben, sogar jetzt sprudelte die Vorfreude auf ihn in ihrer Brust, während der Regen an den Zugfenstern hängen blieb. Nur das Bild ihrer Mutter im Eingangsflur fuhr dazwischen, wenn sie in ihrem Glücksgefühl einen Moment innehielt und sich erinnerte, was geschehen war. Bestimmt würde Philipp jenes Bild löschen, ja – *und* durch ein neues ersetzen: die rotverbrannten Stellen seiner empfindlichen Haut, seine Geheimratsecken, das Muttermaldreieck auf seinem linken Schulterblatt, der Hubbel an seinem Fußgelenk, die schiefe Nasenscheidewand, der grüne Fleck in seiner braunen Iris.

Der Bahnsteig am Hauptbahnhof war leer. Sie wartete eine Viertelstunde, hauchte Wärme in ihre Hände. Manchmal verspätete er sich. Sie hängte noch eine Viertelstunde dran und verlängerte diese, nach abgelaufener Zeit, um weitere zehn Minuten. Der Bahnsteig blieb leer. Die Pfützen, in denen sich grelle Bahnhofslichter spiegelten, waren so ausladend, dass sie ihnen nicht ausweichen konnte, doch sie spürte die Feuchtigkeit an ihren Füßen erst, als sie bereits ihre Wohnung betrat. Ohne das Licht einzuschalten, streifte sie ihre Klamotten ab und legte sich ins Bett. Als es an der Tür klingelte, schreckte sie hoch und wusste einen Augenblick lang nicht, wo sie sich befand. Sie war wütend, als sie zur Tür ging, wirklich wütend. Was bildete der sich eigentlich ein? Aber mit dem Öffnen der Tür überkam sie die Freude. Sie wollte ihn umarmen, doch Philipp wich aus und schlüpfte an ihr vorbei in die Küche, öffnete den Kühlschrank, seufzte, warf ihn wieder zu, nahm sich ein Glas, füllte es mit Leitungswasser und trank es in einem Zug leer.

»Hab auf dich gewartet«, sagte sie; ihre Worte hörten sich vorwurfsvoller an als beabsichtigt.

»Tut mir leid«, er wischte sich den Mund am Hemdsärmel ab, »hab die Tram verpasst.«

Bei jedem Schritt, den sie auf ihn zu machte, fürchtete sie, er würde erneut fliehen. Da legte er seine Arme auf ihre Schultern. »Und? Wie geht's?«

Meine Mutter ist tödlich verunglückt. Das war kein guter Satz, so konnte sie nicht beginnen. Eine Nacht, die mit einem solchen Satz begann, würde nie zu dem führen, was sie erhoffte. Eine solche Nacht wäre keine, an die sie sich gerne erinnerte.

Sie zuckte mit den Schultern. »Wie immer.«

Philipp ging ins Bad und zog sich aus. Sie folgte ihm, klappte den Deckel runter, setzte sich auf die Toilette und beobachtete ihn beim Duschen; sie unterdrückte das Bedürfnis, etwas für ihn zu tun. Ihm die Haare waschen. Oder den Körper abtrocknen. Schaum lief zwischen seinen Schulterblättern nach unten und sie ermahnte sich, ihn nicht darauf hinzuweisen, wo er sich noch waschen müsse. Als sie sich endlich ins Bett gelegt hatten, streckte sie, stolz auf ihre Zurückhaltung, eine Hand aus, strich wie zufällig über seinen Oberschenkel und platzierte ihren Fuß neben seinem, so dass sich ihre kleinen Zehen leicht berührten. Sie legte den Kopf zur Seite und gab seiner Schulter einen Kuss, verweilte länger als gewöhnlich mit den Lippen auf seiner Haut. Noch immer reagierte er nicht. Sich räuspernd, drehte sie ihm den Rücken zu, winkelte ein Bein an, streifte ihn mit ihrer Wade, die Haare kitzelten, und drückte ihr Gesäß gegen seine Hüfte; sie rutschte näher an ihn heran, fasste hinter sich und ließ ihre Hand, regungslos und wie zufällig, auf seinem Glied liegen. Sie spürte seinen Herzschlag. Philipp nahm ihre Hand, schmiegte sich an sie, vergrub ihre Hand mit seiner zwischen ihren Brüsten, küsste sie im Nacken und flüsterte: »Bin müde.«

Während er ihr ins Ohr atmete und in Schlaf versank, gab sie sich Mühe, es ihm gleichzutun; sobald sie, nach einem gescheiterten Versuch, die Augen aufschlug, starrte sie jedes Mal auf die Digitalanzeige des Weckers: 1:32, 1:41, 1:44, 1:45, 1:46. Sie setzte sich auf. Er hatte sie angerufen. Er hatte sie gefragt, ob sie Lust hat. Ihm zuliebe war sie gekommen – mit dem Nachtzug! Er war nicht am Bahnsteig gewesen. Und nun hatte er keine Lust.

Ein Lächeln überflog ihre Lippen, als sie ihn betrachtete; das war doch, eigentlich war das doch in Ordnung. Liebe eben. Ist nicht immer fair. Sie kuschelte sich an ihn; seine Wärme hüllte sie ein, sein Atem streichelte sie, sein Geruch … sie roch nicht ihn. Sie roch *en passant*. So tief sie ihr Gesicht auch ins Kopfkissen drückte, das Parfum ihrer Mutter haftete an ihr. Und obwohl sie genau wusste, dass sie selbst dieses Parfum trug, konnte sie den Eindruck, dass der Duft intensiver wurde, sobald sie sich Philipp näherte, nicht loswerden. Aber das war natürlich Unsinn, schließlich hatte er geduscht! Sie war eben durcheinander. War ja auch vollkommen okay, nach solch einem Tag, da durfte man schon durcheinander sein. Nicht? Natürlich durfte man das.

4

Die Woche danach verbrachten sie gemeinsam. Es war nichts geschehen. Nichts war vorgefallen. Genau so verlief auch die Woche: vier oder fünf Spätsommertage im Englischen Garten und den Isarauen, Menü Nr. 13 (Pekingsuppe und zweimal gebratenes Rindfleisch) beim Vietnamesen, Kino-Dienstag und Happy-Hour-Mittwoch, extra große Kugeln Tiramisu und Eierlikör von der Eisdiele am Isartor, Philipps Zunge, Philipps Lächeln, Philipps Finger an ihr. Und die Anrufe, die lästigen, beantwortete sie schnell und ohne Zögern. Wie Erich am Telefon weinte! Sie legte auf und war froh, dass er nicht noch einmal anrief. Gut, es war etwas passiert, aber es war nun einmal passiert; jetzt musste es weitergehen. Simon widersprach ihr da zwar, aber sie sagte ihm, dass er solche Probleme nur mit sich selbst regeln konnte. Im Schmerz ist man immer allein – hatte das nicht einmal jemand Bedeutendes gesagt?

»Lern doch jemanden kennen«, riet sie ihrem Bruder. Diesmal legte *er* auf.

Sie wusste, mit Philipp an ihrer Seite würde Angelas Unfall bald ein Teil der Vergangenheit sein, nicht mehr; etwas, an das man nicht gerne denkt, das aber nicht besonders wehtut, da es weit zurückliegt.

Mit jedem Aufwachen erwartete sie eine schlechte Nachricht, weil jeder Tag besser endete, als er anfing, und besser anfing, als der vorangegangene Tag geendet hatte. Sie rechnete aber nicht damit, dass eine der Fragen eines Polizeibeamten, der sie zu diesem Zweck besuchte, einen Jungen mit hellblondem Haar, Philipps Statur und Kleidung betrafen. Instinktiv schüttelte sie den Kopf. Nein, so einen Jungen kannte sie nicht. Ja, da wäre sie sicher. Nein, sie hätte diesen Philipp Thelen nicht vor der Buchenerstraße 31 zur fraglichen Zeit gesehen. Ja, da könne man auch ihren Bruder befragen.

»Man hat dich gesehen«, erzählte sie später Philipp,

während sie verträumt mit dem Zeigefinger in seinem Bauchnabel herumstocherte, »was wolltest du …«

Sie stockte.

Zu spät.

»Wer?« Philipp nahm ihre Hand weg.

Nichts lag ihr ferner, als ihm etwas mitzuteilen, das einen Schlusspunkt nach diesen fabelhaften Tagen setzen würde.

»Ein Gast der Einbachmühle«, sagte sie.

Sie konnte ihm einfach nichts abschlagen. Philipp war ja immer noch Philipp. Er bohrte nach, und sie erklärte es ihm, auf der von Decken und Kissen befreiten Matratze, bei offenem Fenster, obwohl sie fürchtete, ihre Worte könnten nach draußen dringen, frei umherschwirren, von fremden Ohren eingefangen werden. Bald wüsste jeder, dass sie eine Tochter ohne Mutter war. Solange das keiner wusste, zumindest nicht mehr Personen als unbedingt nötig, stimmte das nur zum Teil. In der Gegenwart von Erich oder Simon, in absehbarer Zeit sicherlich auch in Bad Tölz, würde es richtig sein, aber für den Rest, für ihre Kommilitonen, Professoren, Freunde in München, die Kassiererin im Plus, den glatzköpfigen Kellner im vietnamesischen Restaurant, für diese Personen wäre sie nur Katrin, ein Mädchen Anfang zwanzig, zu dem eine Mutter und ein Vater gehörten wie zu allen anderen Menschen auch.

Philipp konnte sich nicht erinnern, in Bad Tölz geklingelt zu haben. Ihr Herz schlug heftig, als sie das hörte. Wie bezaubernd! Das war gut, sogar sehr gut! Natürlich war er dort gewesen, seine dahergestammelten Sätze zu interpretieren, fiel ihr nicht weiter schwer; sie wusste, er würde es zugeben, würde sie ihn dazu drängen. Doch nur weil sie auf Lehramt studierte, bedeutete das nicht, sie müsse sich wie eine Pädagogin verhalten. Mit ihren Händen fuhr sie über seinen weißen Körper, wollte ihm das Gefühl geben, überall zu sein, knabberte, biss, tauchte mit ihren Lippen herab, drückte ihn fest in die Matratze, provozierte ihn mit der Zunge. Einräumen bräuchte er es nicht, sie wusste es ja schon. Dafür dankte sie ihm. Er hatte bei ihnen geklingelt, zum ersten Mal; nicht, um allein sie zu sehen, sondern auch ihre Familie. Um sich vorzustellen. So wichtig war sie für ihn. Ziemlich wichtig. Was auch immer er mit dem Drücken der Klingel ausgelöst hatte, sein Daumen auf dem schwarzen Knopf war ein JA gewesen, ein deutliches JA, das sie nun bestätigte, umklammerte und verschlang.

5

Philipp verliebte sich zusehends in sie. Tatsache. Ihren Schätzungen nach schliefen sie beide, seitdem er seinen Besuch in Bad Tölz praktisch eingestanden hatte, mindestens doppelt so oft miteinander wie zuvor. Summa summarum sechs Mal pro Woche – eine ganze Menge JAs. Er war so viel umgänglicher! Der kleinste Anlass reichte aus, damit ihre Lippen aufeinander zuschossen. Auch arbeitete er nicht mehr bei dem Schreiner in Bad Tölz, und die damit neu gewonnene Freizeit verbrachte er mit ihr.

Er sah so verdammt gut aus.

Und noch mehr! Nicht einfach nur gut, er sah interessant aus.

Intelligent.

Liebenswert.

JA.

Niemand konnte ihr dieses JA wieder nehmen. Mochten die albernen Artikel in der *Voralpenländischen Morgenpost* noch so hetzerisch und die Trauerstimmung in Bad Tölz noch so düster sein – Philipp gehörte zu ihr und sie zu ihm.

Da er aufgrund seiner Schwarzarbeit bei dem Tölzer Schreiner nicht mit der Polizei sprechen wollte, bot sie ihm an, bei ihr unterzutauchen. Natürlich nahm er dankend an. Dass er für ein paar Wochen ihre Wohnung kaum öfter verließ als für einen kurzen Ausflug zur Drogerie oder Videothek, störte sie nicht, im Gegenteil: So war er schließlich immer da.

War es illegal, ihn zu verstecken?

Ja?

Ja und! Ein unglücklicher Fall und eine Treppenstufe waren schuld. Sollte die Polizei doch endlich Ruhe geben. Philipp vor unnötigen Befragungen zu bewahren, war ja wohl das Mindeste. Sie liebte ihn mehr und er liebte sie mehr und sie waren zusammen. Gab's denn was Besseres?

Vor den Vorlesungen kauerten sie auf dem Sofa, zusammengerollt und aneinandergeschmiegt, in der einzig möglichen Position ohne herunterzufallen. Nach den Vorlesungen kaufte sie ein, kochte ihnen beiden, und am frühen Abend lagen sie dann bereits im Bett, im Bett, im Bett. Mit Philipp sein bedeutete nicht einfach nur, mit einem Jungen Zeit zu verbringen, sondern sicher zu sein, unbekümmert, geschützt vor Gedanken an den elften Oktober.

6

Anfang Dezember schlug sie vor, zwischen den Jahren einen Ausflug nach Italien zu machen, vielleicht mit einem Mietwagen, um vor der kalten Jahreszeit zu flüchten. Sie war noch nie in Venedig gewesen. Philipp versprach, im Reisebüro nachzufragen. »Ja, mach ich«, brüllte er ihr hinterher, als sie bereits die Treppe nach unten lief, auf dem Weg zur Uni. Und »Ja, mach ich« war das Letzte, was sie von ihm hörte.

In dieser Nacht rief sie ihn zuerst im Zwanzig-Minuten-, dann im Fünf-Minuten-Takt an, viereinhalb Stunden lang. *Your Partner is not available at the moment* – wie wahr, aber wo konnte ihr Partner sein? Vierundzwanzig Stunden nach seinem Verschwinden wählte sie die Nummer der Polizei, legte auf, drückte Wahlwiederholung, legte wieder auf, schob mit zitternden Händen das Telefon von sich. Es klingelte! Sofort nahm sie ab. Sie musste dem Polizeibeamten versprechen, dieses *unverantwortliche Verhalten* sein zu lassen. Zwei Tage danach besorgte sie sich ein schnurloses Telefon, das sie in der Wohnung immer bei sich tragen konnte.

Nie war ihr etwas aufgefallen. Er war doch guten Mutes gewesen, manchmal natürlich angespannt, immerhin bescherten ihm Blaulicht und selbst Politessen stets etwas Herzklopfen, aber doch zufrieden. Verliebt.

Nach ein paar Tagen ohne Nachricht von Philipp war sie davon überzeugt, es blieb nur ein Ort, an dem er sein konnte; und das war keiner, der ihr gefiel. In unruhigen Nächten malte sie sich aus, was ihm zugestoßen war. Auch wenn sie jede Variante als Lächerlichkeit abtun konnte, sobald sie sie mit genügend Details ausgeschmückt hatte, gab es doch eine endlose Vielzahl, durch die sie sich quälte. Und mit jedem weiteren Tag wurde die Erinnerung an den letzten Herbst stärker, tauchte erneut auf wie eine Leiche, die sich vom Meeresgrund gelöst hat.

In diese Zeit fiel eine Weihnachtslesung in der Seidlvilla, die sie gezwungen war zu besuchen, da ihre Dozentin eine der Lesenden war. Denn eigentlich verließ sie die Wohnung nur ungern nach Sonnenuntergang – es war bereits dunkel genug, wenn man die Augen schloss. Sie schüttelte ihrer Professorin die Hand, wünschte Glück und wollte heimlich mit dem nachlassenden Tageslicht verschwinden, als ein unrasierter, blonder Mann in schwarzer Lederjacke und Turnschuhen ihr ein Glas mit sahnig-hellblauem Inhalt und Sonnenschirmchen anbot.

»Wer sind Sie?«, fragte sie.

Wortlos deutete er auf die oberste Zeile des Veranstaltungsplakates – ORGANISATION: LEBÖLK.

In letzter Zeit trank sie zwar hauptsächlich Wein, und zwar lieber viel als guten, vorzugsweise aus dem Supermarkt, mit fett gedruckten Ausrufezeichen neben dem Preis, aber der *Swimming Pool*, wie Lebölk ihn bezeichnete, schmeckte süß und endlich mal nicht sauer.

Den einen konnte sie auch noch mitnehmen.

Und den nächsten auch.

Und die danach genauso.

Sosehr er seine Augen aufriss, seine Finger spreizte und Zähne entblößte, konnte er sie jedoch nicht davon überzeugen, dass *Lebölk* sein richtiger Name war. Sie misstraute exotischen Namen, besonders solchen, die sie nie zuvor gehört hatte. Lebölk war eine Konstruktion, als hätte ein Deutscher versucht, ein französisches Wort zu erfinden; wie eine komplizierte, hochempfindliche Maschine ohne Sinn und Zweck. In ihren Augen war Lebölk nur ein spendabler Kerl, den sie mit ihrer Gesellschaft ehrte. Sie erzählte ihm ein paar Dinge über sich, schlürfte, sprach weiter, trank und redete so viel, wie seit langem nicht mehr. Zwischendurch erwähnte sie auch die Qualle. (So hatte Simon den Abdruck von Angelas Kopf auf dem Parkett bezeichnet.)

Man musste daraus ja kein Riesending machen.

»Darfst das nicht wegschieben«, lautete Lebölks selbstgefälliger Kommentar, »musst es umarmen.«

Was für ein ausgemachter Blödsinn. Es war der ideale Augenblick, um sich zu erheben, dem eitlen Fatzke ein gutes Leben zu wünschen und den Heimweg anzutreten.

Die erste Tram, in die sie stieg, fuhr leider in die falsche Richtung – die Cocktails hatten ihre Wirkung nicht verfehlt. Als sie ihren Irrtum bemerkte, war es selbst für die Nachtlinie bereits zu spät.

Fröstelnd, die Arme um sich geschlungen und die Hände unter ihre Achseln gesteckt, lief sie los. Es kam vor, dass sie an eine Kreuzung gelangte und nicht wusste, welche Straße sie nach Neu-Perlach führen würde. Gewöhnlich ängstigte sie schon der Gedanke, im Halbdunkel der orangen Straßenbeleuchtung allein durch die Stadt zu wandern. In dieser Nacht aber stellte sie sich einfach mitten auf die Kreuzung – kaum ein Auto fuhr mehr –, drehte sich ein paar Mal mit geschlossenen Augen im Kreis, stoppte abrupt und schlug darauf die Richtung ein, in die ihre Nase deutete. An welchen Ort sie auch gelangte, dort wartete ohnehin niemand auf sie.

Noch vor der Morgendämmerung erreichte sie ihre Straße. Sie lächelte. Zwei Stufen auf einmal nehmend, lief sie die Treppe zu ihrer Wohnung nach oben und begann, während sie die Tür aufschloss, sich aus den nach Rauch stinkenden Klamotten zu schälen. Sie duschte heiß und lang. Als sie sich danach das Haar föhnte, nahm sie aus dem Augenwinkel etwas Merkwürdiges wahr. Sie schaltete den Föhn aus, legte ihn beiseite. Mit der Hand fuhr sie über den beschlagenen Spiegel, und auf dem Streifen, den sie frei gewischt hatte, erschien ihr Mund – lächelnd. Mit einem Handtuch rubbelte sie den restlichen Spiegel trocken, als bearbeite sie ein überdimensionales Gewinnlos. Dann trat sie einen Schritt zurück.

Kein Mann würde diese Frau ohne triftigen Grund abweisen. Ihre Wangen schimmerten rosa, in ihren fein gezupften Augenbrauen hingen vereinzelt Wassertropfen wie Morgentau, ihre Lippen schienen wie geschaffen für die Liebe und ihre wunderbaren Augen sprachen für sich selbst.

JA.

Die Hände aufs Waschbecken gestützt, lehnte sie sich vor und küsste sich. Verdiente ein so schöner Mensch nicht mehr als einen Philipp Thelen?

7

Eine vollgestopfte Mülltüte: sein Unterhemd, in dem sie jede Nacht geschlafen hatte, seine restliche Unterwäsche, seine ausgefranste Zahnbürste, seine Mitgliedskarte von der Videothek, sein Snoopy-Schlüsselanhänger, seine schmutzigen Sneakers, sein Schuppenshampoo, sein Freundschaftsarmband, ein Präsent von ihr, das er nie getragen hatte.

Als die Müllabfuhr kam, stand sie in ihrer Wohnung am Fenster und beobachtete, wie Philipps Überreste aus dem Innenhof gerollt wurden.

An diesem Tag trank sie nur ein Glas Weißwein.

Um sicherzustellen, dass sie nichts übersehen hatte, durchstöberte sie den Abstellraum im Keller, obwohl sie sich kaum vorstellen konnte, dort fündig zu werden. Die Suche dauerte länger als erwartet; niesend und mit geröteten Augen wühlte sie in den staubigen Umzugskartons. Sie hielt ein Fläschchen Sand aus Miami Beach gegen das Licht, warf das vom feuchten Boden durchgeweichte Buch *Die Schatzinsel* weg, steckte sich eine Schachtel Büroklammern ein. Sie spielte mit einem klobigen Gameboy der ersten Generation ein paar Sekunden, bis die Batterien endgültig ihren Geist aufgaben, gerade als Mario über einen Abgrund sprang. Sie stieß auf eine Sammlung verschimmelter Seifen in allen Regenbogenfarben, die nach Essig rochen. Sie wunderte sich darüber, dass sie eine zerfledderte Ausgabe der Bravo aufbewahrt hatte. Sie sortierte verblasste Siegerurkunden von den Bundesjugendspielen. Sie schmökerte in einem selbst gebastelten

Fotoalbum, das ihr Marco geschenkt hatte, kurz bevor sie sich getrennt hatten; die meisten Bilder zeigten sie beide in, vor oder auf seinem Golf. Sie erstaunte, mit wie vielen Namen in einem alten Adressbuch sie kein Gesicht mehr verbinden konnte.

Und dann begegnete sie Tracy.

Sie maß knapp dreißig Zentimeter. Gekleidet war sie in einen lila Tüllrock mit Schmetterlingen, darunter trug sie eine Hose mit farblich passend per Hand eingefärbter, handgehäkelter Spitze. Über ihre Schultern fiel handgeknüpftes, kastanienbraunes Haar mit einem lose in die Frisur eingearbeitetem Haarzopf. Ihre Glasaugen waren himmelblau.

»Hallo, Tracy«, sagte sie und steckte ihren Zeigefinger in die Hand der Puppe.

Ein Geschenk von Angela. Bis zu ihrem zwölften Geburtstag hatte sie immer bei ihrer Mutter im Bett übernachtet, obwohl sie sich dafür geschämt hätte, es ihren Schulkameraden zu beichten. An Tracy geschmiegt hatte sie es schließlich ertragen können, ohne den wärmenden Körper der Mutter neben ihr im eigenen Zimmer zu schlafen. Sie war ein alter Verbündeter, der Hüter aller Mädchengeheimnisse: welchen Jungs sie Küsse angedroht hatte, wo Erichs versehentlich zerbrochene Lieblingstasse versteckt war, was auf der letzten Seite ihres Tagebuchs stand.

Sie nahm Tracy aus dem Karton, schüttelte sie, um sie vom ärgsten Staub zu befreien, und trug sie in die Wohnung. Dort wusch sie ihr Kleid, seifte ihre Haare ein und wischte ihren Körper mit einem feuchten Lappen sauber. Danach setzte sie die Puppe dort aufs Sofa neben sich, wo sonst immer Philipp Platz genommen hatte, und sah mit ihr fern.

Wenige Tage später wachte sie nachts mit trockener Kehle auf. Sie schlurfte ins Bad und trank aus dem Wasserhahn. Auf dem Rückweg stolperte sie und landete auf allen vieren. Ihre aufgeschürften Knie brannten. Als sie neben sich blickte, um zu sehen, über was sie gefallen war, lag dort Tracy. Soweit sie sich erinnern konnte, hatte sie die Puppe nicht vom Sofa entfernt. Und doch befand sie sich hier am Boden, auf der Türschwelle zwischen Schlaf- und Wohnzimmer.

»Na, du. Allein?«

Sie strich Tracy das Haar aus dem Engelsgesicht, zwinkerte ihr zu und nahm sie mit ins Bett.

Am nächsten Morgen verschlief sie um zwei Stunden, aber sie fühlte sich so ausgeruht wie lange nicht mehr. Da sie nun ohnehin ein Seminar verpasst hatte, beschloss sie, den Tag freizunehmen und fuhr mit dem Fahrrad die Isar entlang bis nach Wolfratshausen. Tracy begleitete sie im Fahrradkorb. Gemeinsam badeten sie in einem eiskalten Moorsee und ließen sich von der Frühlingssonne trocknen. Am Abend bettete sie Tracy neben sich und deckte sie mit einem gefalteten Laken zu. Ihr fiel auf, dass die Haare der Puppe nach modrigem Wasser rochen. Aus dem Bad holte sie *en passant* und verteilte einen Hauch davon auf Tracys Brust. Schon viel besser.

Selbst Philipp hätte niemals begriffen, dass *en passant* – trotz allem – ein Trost war. Das kühle, glatte Glas, wie angenehm richtig es sich in ihrer Hand anfühlte, der Druck ihres Zeigefingers auf dem schmalen, metallischen

Zylinderkopf, das *Ffffft*, der bittere Alkoholgeschmack und alles, was der Duft sonst noch erzählte.

Von da an parfümierte sie Tracy jeden Abend. Zu ihrem täglichen Ritual gehörte außerdem, sie zu waschen, anzukleiden und auf einen Stuhl in der Küche zu setzen, damit sie ihr beim Frühstück Gesellschaft leistete. Sie las ihr aus der Zeitung vor, und wenn für Tracy in ihrem Rucksack neben Büchern und Notizblock kein Platz war, um sie mit in die Uni zu nehmen, schaltete sie zumindest das Radio ein, damit es ihr, so ganz allein in der Wohnung, nicht zu still wurde.

Niemandem erzählte sie davon – wer hätte schon Verständnis gezeigt? Sie hatte die betretenen Blicke satt, die Postkarten mit Beileidsbekundungen ehemaliger Schulkameraden, das vielsagende Schweigen, wenn sie bei einem ihrer Besuche die Tölzer Post oder den Supermarkt betrat. Dieses Einverständnis der anderen, etwas Schlimmes sei geschehen, verstärkte nur das bedrückende Gefühl, mit dem sie noch jeden Tag an den elften Oktober dachte. Tracy funktionierte wie ein Filter. Nach einer Nacht neben ihr war es problemlos möglich, ein Gespräch über das Ableben ihrer Mutter zu führen; sie sog den dreckigen Dunstkreis auf, unter der Plastikschicht ballten sich die düsteren Gedanken, dort waren sie gefangen. Kam sie abends heim, erzählte sie Tracy, was sie tagsüber getrieben hatte, berichtete von den Beziehungen ihrer Freundinnen und der Ignoranz ihrer Professoren.

Und nicht selten sagte sie dann scherzhaft: »Wer liebt hier wen mehr, Süße?«

Als sie einmal *en passant* bei einem Besuch in Bad Tölz vergaß, warf sie sich am selben Abend stundenlang auf der Matratze herum, die Nase tief in Tracys Kleidung vergraben.

Ihre Überredungskünste reichten nicht aus, dass Erich ihr das Parfum schickte – es sei billiger, sich ein neues zu kaufen. Ihm zu erklären, dass nur dieser Flakon Angelas Flakon gewesen war, hielt sie für überflüssig. Er wäre nur wieder in die Obhut seiner altväterlichen Klugheit geflüchtet. Ihre Mutter war für Erich ein nicht thematisiertes Thema. Er sprach über sie, ohne je über Angela zu sprechen. *Eure Mutter* war die einzige Bezeichnung, die er verwendete, selbst wenn ihm niemand außer ihr zuhörte. Eure Mutter hat immer gesagt, eure Mutter wollte sicher nicht, eure Mutter würde sich, eure Mutter konnte nie, eure Mutter war.

Konterte sie darauf forsch: »*Angela* ist tot«, wie sie es zwei Tage später an einem lauen Abend in München tat, während eines Spaziergangs durch die Innenstadt, empörte sich Erich über ihre Taktlosigkeit; sie sei so sensibel wie ein Betonklotz.

»Und nicht so laut«, sagte er, »wir sind doch nicht allein.«

»Papa, es geht den Leuten am … niemand hier interessiert sich dafür.«

»Ihr solltet respektvoller mit ihrem Tod umgehen.«

»Ihr? Wieso *ihr*?«

»Dein Bruder reagiert wieder mal nicht auf meine Anrufe.«

»Er heißt Simon.«

Ein Obdachloser mit einem Stück Pappkarton – *Bin Vater von fünf Kindern. Suche Arbeit. Bitte um Unterstützung. Danke Ihnen!* – näherte sich Erich.

»Und was krieg ich für mein Geld?« fragte Erich.

»Weiß nicht«, sagte der Verdutzte.

»Dann gibt's auch nichts«, antwortete Erich schroff und wandte sich ab. Bevor sie ihrem Vater folgte, warf sie noch schnell einen Euro in den lädierten Hut.

»Nur einmal im Jahr kann sich der Junge doch herbemühen.«

»Simon. Außerdem ist er Weihnachten immer da, und zu meinem Geburtstag. Zu *deinem* Geburtstag. Er möchte eben nicht erinnert werden.«

»Woher willst du das wissen? Hat er dir das gesagt?«

»Nein«, sie legte einen Arm um seine Hüfte, »nein, aber ich möchte das auch nicht.«

»Eure Mutter würde sich für euch schämen.«

»Ist doch nicht wahr.«

»Katrin. Dein Bruder ...«

»Simon!«

»... er hat Angst. Er muss lernen, damit umzugehen. Es wird ihm guttun. Ich weiß das. Es tut dir doch auch gut.«

Am Karlsplatz rannten Kinder mit rotierenden Armen und heiser kreischend durch die Wasserfontänen und forderten ihre Mütter heraus, die ihnen nicht folgen konnten.

»Es tut dir doch gut, nicht wahr? Katrin!«

»Können wir noch in den Buchladen gehen?«

»Ich habe dich etwas gefragt!«

»Ja, ja, es tut mir gut. Aber warum sagst du ihm nicht, wieso du ihn einlädst?«

»Was glaubst du, wie oft ich das schon versucht habe! Aber dann erzählt er mir was von irgendwelchen Prüfungen. Manchmal glaube ich, der Junge bringt nichts zustande. Hat ja nicht mal eine Freundin.«

»Doch.«

»Ja? Und wieso erzählt er das dir, aber mir nicht?«

»Sie heißt Miriam.«

»M-hm. Miriam also.« Erich blieb stehen, schob seine Hände in die Hosentaschen und ließ seinen Kopf nach vorn kippen – ein Nicken.

»Übrigens: Hast du an mein Parfum gedacht? *En passant*?«, fragte sie. »Du wolltest es mir mitbringen.«

Er leckte sich über die Lippen und zuckte mit den Schultern. »Du kommst doch eh bald zu Besuch, oder?«

8

Sie setzte sich an ihren Schreibtisch und betrachtete das Telefon.

Tracys funkelnde Augen bohrten sich in ihre Seite. *Sie* mochte ihn.

»Also gut«, stöhnte sie, nahm den Hörer in die linke Hand und tastete sich mit dem Zeigefinger der rechten geduldig durch alle möglichen Zahlenkombinationen.

Beim ersten Klingeln widerstand sie nur knapp der Versuchung aufzulegen. Beim zweiten Klingeln wechselte sie den Hörer von einem Ohr zum anderen. Beim dritten verglich sie die Nummer auf der Digitalanzeige mit der auf seiner Visitenkarte. Beim vierten und fünften war sie davon überzeugt, dass es bereits ein Dutzend Mal geklingelt hatte, und wollte schon auflegen, als sich endlich eine überraschend sanfte Männerstimme meldete.

»Lebölk?«

Sie legte auf.

So schwer konnte das doch nicht sein! Niemand sprach hier von einem Wiedersehen, um Himmels willen, keinesfalls, sie wollte ihm bloß mitteilen, dass ihre Begegnung in der Seidlvilla einen Vorgang ausgelöst hatte, eine wundervolle Entwicklung, die ihr nun Philipp-freie Tage und schlaferfüllte Nächte bescherte. Ein kleines Dankeschön hielten Tracy und sie für angebracht.

9

Aufregung machte sich in ihr breit, als sie zum Familientreffen am zehnten Oktober fuhr. Es wunderte sie selbst, wie sehr sie sich auf den Jahrestag freute. Sie spielte sogar mit dem Gedanken, Tracy mitzunehmen. Schließlich wären sie dann wieder zu viert.

Allerdings waren die beiden vermutlich noch nicht bereit dafür. Man könnte missverstanden werden. Tracy und sie waren sich einig: lieber auf eine günstigere Gelegenheit warten.

Nachdem sie Erich begrüßt hatte, einen Schmatzer auf jede Wange, eilte sie ins Bad, vorbei an dem Teppich, der ihr anfangs nicht gefallen, an den sie sich mittlerweile aber gewöhnt hatte. Sie lief, hin zu ihm. Die ineinander verschmolzenen Glasplättchen sahen ganz hübsch aus,

Sehnsucht empfand sie jedoch nach dem Duft. Dem Aroma. Dem Bukett. Dem Odeur. Endlich hatte sie ihn wieder. Sie hielt den Parfumflakon gegen das Halogenlicht über dem Rasierspiegel. Es war kaum etwas übrig. Im Bad ihrer Wohnung befanden sich viele bunte Flakons, doch keiner davon war so einzigartig. Nur diesen hier hatte Angela vor ihrem Tod benutzt. Natürlich konnte sie ihn wieder besorgen, genau den gleichen Flakon, den gleichen Duft, die gleiche Farbe, die gleiche Marke. Aber das wäre nicht dasselbe. Sie verteilte *en passant* auf ihrem Hals. Sie roch Angela. Sie roch ihre Mutter.

Die Wohnungstür wurde aufgesperrt, Erich rief nach ihr. Wie viel Zeit war vergangen? Sie widerstand dem Wunsch, den Zerstäuber von *en passant* ein zweites Mal zu drücken, stellte ihn zurück über das Waschbecken und begrüßte Simon. Beim Mittagessen – für Erichs Kochkünste waren die Krautwickel recht appetitlich – lag ihr viel daran, dass es ein gutes Beieinander war, ein bescheidenes Mittagessen im Kreis der Familie. Simon schien abwesend, getrieben, wie immer nicht besonders glücklich darüber, hier zu sein. Sie wollte, dass er sich freute; da er jedoch nicht auf sie reagierte, freute sie sich für ihn mit. Als sie ihn fragte, ob er sich vielleicht hinlegen wolle, flüchtete er plötzlich ins Bad, mit einem zornigen Gesichtsausdruck, und sie wagte es nicht, ihm zu folgen. Noch größere Sorge bereitete ihr Erich. Als er vom Spazieren, wie er behauptete, zurückkehrte, war er schweißüberströmt, an seiner Hose hingen Dreck und welke Blätter. Sie wollte mit ihm darüber sprechen, aber er vertröstete sie auf später, nach dem Film. Simon konnte sie zuerst nicht finden, bis sie bemerkte, dass die Tür zu Angelas früherem Zimmer abgesperrt war. Sie klopfte. Nichts rührte sich. Sie presste ihr Ohr gegen die Tür und hörte ein schwaches Schaben, mal deutlich, mal zögerlich, und Gemurmel.

»Simon«, rief sie, »Simon, wir gehen ins Kino!«

»Ich arbeite.«

Sie biss sich auf die Unterlippe, hob den Arm, um mit der Faust gegen die Tür zu schlagen, ließ ihn dann jedoch wieder sinken. Erich schien nicht sonderlich überrascht, als sie ihm erklärte, Simon habe Fieber und müsse sich ausruhen.

CRUISE in einem BLOCKBUSTER von SPIELBERG! warb das Plakat im Isar-Kinocenter. Sie wollte den Film nicht sehen, aber Erich zahlte den Eintritt. Sie saßen in der vorletzten Reihe. Erich nörgelte wegen der Entfernung zur Leinwand und warf ihr vor, sie habe ihn nicht beim Kauf der Karten beraten. Während Tom Cruise auf einem futuristischen Computer Kriminelle ortete, erhob sich ihr Vater plötzlich und verließ den Saal.

Draußen auf der Terrasse fand sie ihn. Er drückte eine Faust gegen seine Stirn, auf seinen Wangen bemerkte sie drei oder vier im Schein der Straßenlaternen schimmernde senkrechte Striche. Das hatte sie noch nie gesehen. Es flößte ihr Angst ein. Ihren Vater wollte sie nicht trösten, jemanden, der dafür zuständig, ja, dessen Pflicht es war, sie zu trösten. Langsam – vorsichtig – näherte sie sich ihm. Er drehte ihr den Rücken zu. Das erleichterte sie ein wenig.

»Was ist passiert?«

»Nichts.«

»Sag schon.«

Aus seiner Hosentasche nahm er ein Blatt Papier, das aussah wie ein Brief. Er atmete viel zu schnell, seine Schultern hoben und senkten sich. Sie wollte ihn nicht berühren, sie hasste sich dafür, aber ein weinender Vater, der ihr leidtat, widerte sie an. Mit seinen dürren Händen wischte er sich das Nass von den Wangen. Er sah so alt aus.

»Erinnerst du dich an diesen Philipp Thelen?«, sagte Erich, »er hat ihr geschrieben.«

Auf der nahen Schnellstraße spalteten die Scheinwerfer der vorbeifahrenden Autos die Nacht. Das Licht berührte nur die Augen ihres Vaters; er blickte suchend zur Böschung, zur Schnellstraße, zum Parkplatz, zu einem geheimen Punkt weiter entfernt, der ihr verborgen blieb.

Hannes ist tot, 1989

Auf Miriams Seite des Kinderzimmers hing ihre Pinnwand, ein Rechteck aus Kork zur Präsentation von gemalten Bildern und Zeichnungen. Das Publikum war klein, aber ausgewählt; manchmal bat sie Vater, Mutter und mich ins Kinderzimmer, um ihr neuestes Werk zu bestaunen. *Familie vor Haus* war ihr liebstes Motiv. Ein Mann mit lichtem Haar, eine Frau mit einer Narbe am Arm, ein dicker Junge, ein Mädchen mit großen, blauen Augen, eine Katze und ein Kinderwagen, aus dem zwei Ärmchen ragten. Auf jedem der Bilder waren wir komplett. Ausnahmslos. Auch nach diesem Sommer hatte sich daran nichts geändert. Da waren Zettel, auf denen *Hannes* stand, mal groß, in Druckbuchstaben, mal schnörkelig oder mit Bleistift skizziert, mal in allen Regenbogenfarben und mal das ganze Blatt vollgekritzelt, ein Haufen winziger *Hannes*. Miriam malte Herzen, in oder auf denen *Hannes* stand. Sie malte Pfeile, die auf uns deuteten und deren Strich eine Zeile für unsere Namen bildete – nur *HANNES* groß geschrieben. Papierschnipsel, Briefe, Blockblätter, Zeitungsausschnitte, sie alle sagten *Hannes* und wurden ständig von neuen *Hannes* überdeckt.

Mutter schlug ihr vor, eine Wiese zu malen, mit bunten Blumen.

Miriam schüttelte den Kopf. »Wiesen sind langweilig.«

»Und die Berge? Schau mal raus! Siehst du die verschneiten Gipfel? Mal doch die Berge!«

»Mal du sie doch!«

»Miriam«, sagte sie in ernstem Tonfall, »ich wünsche mir ein Bild von dir.«

»Ja?«, fragte meine Schwester.

»Ich wünsche mir ein Familienbild. Mit Paps, Appa (mein neuer Spitzname), dir und mir.«

Sofort eilte Miriam davon. Zwei Stunden lang saß sie über ein DIN A3-Blatt gebeugt an ihrem Schreibtisch und malte. Sie benutzte Wachsmalstifte, Stabilos, Filzer, Holzmalstifte und einen roten Edding. Vertieft in das Bild, das sie sah und das uns zeigte, bunt – und zu sechst.

Als sie uns das Bild präsentierte, sagte Mutter kühl: »Was ist das?«

Miriam deutete auf die einzelnen Personen und erläuterte: »Das ist Appa, er hat einen Bauch. Das ist Paps, er …«

»Nein«, unterbrach sie Mutter. Mit dem Zeigefinger tippte sie auf ein Kind, das eine Windel trug; in leuchtend roten Buchstaben stand darunter *HANNES*.

»*Das* habe ich mir nicht gewünscht.«

»Doch«, sagte Miriam, »du hast gesagt, du willst ein Familienbild.«

»*Das* ist aber kein Familienbild. *Das* ist ein Bild von früher. Hör zu, Miriam. Ich will, dass du es wegwirfst.«

»Aber …«, begann Vater.

»Ich hab's für dich gemalt!«, protestierte Miriam.

»Ist doch ganz schön«, sagte ich.

Mutter schüttelte den Kopf. »Seht euch das doch mal an. Dort hängt überall sein Name. Er ist auf jedem Bild. Aber ... seht ihr ihn irgendwo?« Mit einer schnellen Handbewegung pflückte Mutter das neue Bild von der Pinnwand. »Ich habe mir etwas überlegt.« Reißnägel fielen zu Boden. »Es hat keinen Sinn, wenn wir so tun, als ob.« Sie zerknüllte das Papier. »Ich möchte, dass wir uns darüber einig sind – Paps?«

»Bitte, die Kinder ...«

Mutter stopfte das Papier in den Mülleimer unter dem Schreibtisch. »Also gut – Jasper?« Ihre kalten Augen bohrten sich in mich.

»Ja?«

»Ich möchte, dass du es sagst.«

Als ich fragte, was, spürte ich schon, dass ich die Antwort nicht wissen wollte.

Mutter lächelte, aber das verhüllte nicht ihre stechenden Augen.

»Irgendeiner muss anfangen. Sprich es mir einfach nach: *Hannes ist tot.*«

Ich zögerte.

»*Hannes ist tot*«, sagte nicht ich, sondern Vater.

Mutter nickte ihm zu.

»Jetzt du, Jasper.«

Vielleicht hatte sie recht, vielleicht würde Miriam, wenn wir es sagten, andere Bilder malen. Sie könnte uns wachsen lassen, uns größer machen als jedes Haus. Dann wären wir Riesen, eine Riesenfamilie, bei der es niemand wagt zu flüstern: *Das ist doch der Bruder von dem erstickten Kind.*

Jemand sagte es, und als ich es hörte, bemerkte ich erst, dass ich es war.

Ich fühlte mich wie Miriam. Als hätte ich ihn umgebracht.

Mutter küsste mich. »Schön.« Ihre Lippen berührten mich nur flüchtig.

»Miriam?«

Meine Schwester stand in der Ecke. Sie starrte auf die vielen Bilder, die Mutter in den Mülleimer gestopft hatte; in der Pinnwand steckten nur noch wenige Reißzwecken. Sie wirkte so verängstigt wie an jenem letzten Sommertag, als wir zu fünft ins Krankenhaus gefahren und zu viert zurückgekehrt waren.

Mutter sagte: »Hab keine Angst. Wir sind alle für dich da.« Sie breitete die Arme aus.

»Paps hat dich lieb«, sagte Vater.

Miriam wischte sich die Tränen aus den Augen. Sie steckte beide Hände in ihre Hosentasche und senkte den Kopf. Ihre Lippen zuckten kurz, winzige Bewegungen. Schon war es wieder vorbei, ihre Lippen wie eh und je: rosa, schmal und straff. »*Hannes ist tot.*«

Mutter nahm sie in die Arme. »Gut. Ab heute sagt niemand mehr seinen Namen.«

Ich verstand. Ihn auszusprechen, Hannes aber nicht anzusprechen, fühlte sich falsch an. Sein Name ließ sich nicht so leicht vertreiben. Er verbarg sich hinter Kritzeleien, die Hannes auf einer frisch bestrichenen Wand hinterlassen hatte; er kauerte an der Stelle im Teppich, wo Hannes ein Glas Himbeersaft umgestoßen hatte. Trotzdem versprachen wir Mutter, seinen Namen nicht mehr zu gebrauchen. An der Glaubwürdigkeit ihrer Drohung, uns zu verlassen, sollte sie ihn je wieder hören, zweifelte niemand.

Am selben Tag räumte Mutter ihre Sachen aus Hannes' Zimmer zurück ins Dachgeschoss. Die Tür wurde abgesperrt; den Schlüssel sah ich zuletzt in Mutters Hand. Mit einem Mal strahlte sie bis über beide Ohren. »Lasst uns was unternehmen!«, rief sie. »Gehen wir ins Kino!«

»Muss arbeiten«, sagte Vater.

»Bin müde«, sagte Miriam.

»Hab noch Hausaufgaben«, sagte ich.

»Und ich habe noch Korrekturen zu erledigen. Nichts da. Wir gehen heute ins Kino.«

Und wir gingen.

Oft.

Das nächste Kino, in Bad Tölz, bot nicht genügend Abwechslung, um Mutters Ansprüchen auf Dauer zu genügen; mindestens einmal die Woche fuhren wir nach München. Miriam und ich langweilten uns häufig, aber wir mussten unsere Eltern begleiten, und Vater musste Mutter begleiten. *Mit* war Mutters neues Lieblingswort. »Ihr müsst *mit*kommen«, sagte sie. Oder: »Das kriegt man sonst nie *mit*!« Am schlimmsten war: »*Mit* Sicherheit!«

Mit war ein scharfes Wort, so fies wie das Klingeln des Weckers vor sechs Uhr morgens. Wir hassten *mit*. Mutter leitete zwei Pluskurse in der Schule: Moderne Amerikanische Geschichte und Grundlagen der Archäologie. Sie kochte exotische Mahlzeiten, kaufte einen Wok, tischte uns *Dim Sum*, Senfgemüsesuppe, *Mud Pad Prig* auf. Das schmeckte süß und scharf und auch irgendwie sauer, ebenso schwer zu beurteilen wie Mutter – schwamm sie nach oben? Sie schwamm, auch wenn keiner von uns wusste, in welche Richtung. Aber sie schwamm. Und das war doch schon etwas.

»Nach einer gewissen Zeit«, versicherte Vater Miriam und mir, »wird sie wieder auf den Boden kommen. Andererseits ... seht doch, wie gut es ihr geht.«

Doch bevor wir sie sahen, hörten wir sie:

»Diese Ausstellung läuft nur noch zehn Tage.«

»Mit Updike in München!«

»Richtige, weiße Tiger.«

»Mit sieben Oskars ausgezeichnet.«

»Ebi Maki – muss mit das Leckerste sein.«

»Gönnen wir uns!« »Haben wir uns verdient!« »Ist mal was anderes!« »Unbedingt!« »*Mit* Sicherheit!«, sagte Mutter. Sie sagte: »*Mit* Sicherheit!«

Auch ein neuer Plan lautete: zu Weihnachten, dem ersten Fest ohne Hannes, nicht Vaters Eltern in Karlsruhe besuchen, wie in den Jahren zuvor, sondern erstmals in Segendorf feiern.

»Denkt ihr, eure Mutter würde sich über einen Gutschein freuen?«

Vater saß über einen Zettel gebeugt, auf dem die meisten Ideen durchgestrichen waren.

Miriam sagte müde: »Ein Besuch in der Oper?«

Vater seufzte. »Jedenfalls weiß ich schon, was ich haben will.«

Miriam trampelte mit den Füßen. »Was? Waswaswas?«

Vater schüttelte den Kopf und zeichnete ein Rechteck aufs Papier. Ich betrachtete die Zeichnung, grübelte, suchte in mir nach einer Idee.

Vater schnippte mit den Fingern. »Ich hab's! Was haltet ihr von einem Gutschein?«

Miriam und ich stöhnten auf. Die Arbeit am Drehbuch war schuld. Sie zerstreute ihn; ständig vergaß er etwas, wiederholte sich oder hörte nicht richtig zu.

»Ein Kühlschrank!«, rief ich.

»Ein Kühlschrank?«, fragte Miriam und runzelte die Stirn. »Wir haben doch einen, Appa.«

Vater sah mich skeptisch an.

»Ja, aber der ist viel zu klein, wir brauchen einen *ganz großen* Kühlschrank. Damit sie nicht jeden Tag einkaufen muss. Für Senfgemüsesuppe (Vaters neues Lieblingsgericht) und dieses Dim Dings. Für das ganze Essen halt, das sie jetzt immer kocht. Da braucht sie doch mehr Platz.«

»Dann müsste sie auch nicht so oft nach München«, sagte Vater wie zu sich selbst.

»Genau! Und wir könnten ihn ihr ganz voll machen.«

»*Mit* Fleisch.«

»*Mit* Gemüse.«

»*Mit* Joghurt und Früchten.«

»*Mit* Säften und Wein.«

»*Mit* Eis.«

»*Mit* Dim Sum?«, fragte Miriam.

Vaters Miene erhellte sich, ein Lächeln wuchs zu einem Schmunzeln, wuchs zu einem Grinsen, und er fügte dem gezeichneten Rechteck ein Kabel mit Stecker und einen Griff hinzu.

Im Elektromarkt suchte Vater das monströseste Gerät aus, das wir finden konnten. Je größer, desto besser. Das häufig wiederkehrende S neben dem seltenen H der Kontoauszüge war nebensächlich; immerhin war das eine Investition in Mutters Zufriedenheit – da spielte Geld keine Rolle. Die Wahl fiel auf ein zwei Meter hohes Exemplar, mit Doppeltüren, Eis- und Sodamaschine, extra großem Tiefkühlfach, verspiegelter Front. Direktimport aus den USA.

»Ich bin ein Nachkriegskind«, hatte Vater einmal erzählt, schulterzuckend, »dieses eine Bild kriege ich einfach nicht aus dem Kopf: Ein grinsender Schwarzer wirft mir von einem Panzer eine Tafel Schokolade zu. *Hershey* hieß sie, mit so einer silbernen Schrift. Das war der erste Farbige, den ich in meinem Leben gesehen habe. Nie wieder hat mir etwas so gut geschmeckt.«

Zuweilen sprach er von den USA wie ein amerikanischer Botschafter; er schwärmte von Einkaufszentren – Malls! –, größer als jeder Baumarkt, von Sirup und Pancakes auf einem Teller mit Bacon, Hashbrowns, Eggs sunny side up, von Straßen, die pfeilgerade bis zum Horizont führten, von der einäugigen Pyramide auf dem Dollar, von Hollywood (davon besonders ausgiebig), von Ampeln, die an einem Kabel über der Straße hingen, und von Hershey-Schokolade. Vor allem aber bedeutete Amerika für Vater eins: einfach so. Dort geschahen die Dinge aus keinem erwähnenswerten Grund, sie kamen und gingen, ohne Vorankündigung. Hatte man etwas Glück, waren das die besten Dinge, die man sich vorstellen konnte – eine Tafel Schokolade aus heiterem Himmel. Vater wollte, dass sie uns passierten, er wollte, dass wir unserem Schwarzen auf dem Panzer begegneten.

Während er den Bestellschein für den Kühlschrank ausfüllte, untersuchte ich einen unbeschrifteten Karton, den er auf den Einkaufswagen geladen hatte.

»Was ist da drin?«

»Jetzt nicht, Appa.«

Für das Ausfüllen des Bestellscheins benötigte er allein zwanzig Minuten. Ein paar Tage zuvor hatte er mich wieder einmal in sein Büro gebeten. Schreibtisch, Stuhl, Regal, die Schwarzwalduhr aus Kindertagen, mehr gab es dort nicht; die Wände waren verputzt, aber an manchen Stellen schimmerte der Backstein durch. Vater blätterte in seinem Manuskript, das in verschiedenen Versionen auf dem Boden verstreut lag. Was ihn auf die Idee gebracht hatte zu schreiben? Vermutlich wollte er kein Schauspieler mehr sein, er wollte keinen Beruf ausüben, der ihn an Hannes erinnerte. Ausführlich und mit leuchtenden Augen schilderte er mir Figuren, Handlungsverlauf, Plotpoints. Diesen Vater bewunderte ich, und nicht den verwirrten Mann, den es Mühe kostete, einen Bestellschein auszufüllen.

Wir verstauten den Karton mit dem mysteriösen Inhalt im Geräteschuppen. Vater tarnte ihn mit einem schmutzigen, mottenzerfressenen Laken und bat mich, niemandem davon zu erzählen; auch als ich ihn anbettelte, blieb er stur und verriet nichts.

Gleich nach dem Mittagessen stahl ich mich in den Geräteschuppen. An den Wänden hingen Rechen, Schneeschaufeln, Spaten, eine Sichel, Besen; der Boden war uneben zementiert, mir unerklärliche Zahlen und Zeichen waren in ihn eingeritzt. Der Rasenmäher stand neben einem rollbaren Kleiderständer, eine Trainingsbank zum Gewichtstemmen neben einem Schaukelstuhl, dessen Lehne in zwei Teile gebrochen war; Gummischläuche, Luftmatratzen, Lattenroste, ein Grill, zwei Sonnenliegen, unzählige Taschen, Koffer und noch mehr lagerte hier. Die wenigen hereinfallenden Lichtstrahlen beleuchteten den Staub in der Luft. Es roch modrig; zu keiner Jahreszeit ließ sich die Kälte aus dem Schuppen vertreiben, im Hochsommer hatten Miriam und ich uns schon oft zur Abkühlung auf den Steinboden gesetzt.

Ich zog das löchrige Laken vom Karton. Er war erstaunlich groß, reichte mir beinahe bis an die Brust. Ich entdeckte keine Stelle, an der man ihn hätte öffnen können. Durch die Tragegriffe spähte ich ins Innere des Kartons, aber im matten Licht des Geräteschuppens konnte ich nichts erkennen.

»Appa! Was machst du?«

Ich drehte mich nicht um. »Aufräumen«, log ich.

»Du lügst«, sagte Miriam und kam näher.

»Nicht.«

»Warum?«

»Das ist ein Weihnachtsgeschenk.«

»Für wen?«

»Weiß nicht.«

Wir legten unsere Hände auf den Karton, befühlten ihn und starrten die braune Oberfläche an, als könnten wir, würden wir uns stark genug konzentrieren, erkennen, was sich darin befand.

Mit ernster Miene deutete ich auf den Karton. »Du darfst das nicht verraten.«

Miriam sah mich aufmerksam an und nickte. Als wir zurück ins Haus gingen, packte sie plötzlich meinen Arm und verschränkte unsere Hände ineinander. Warum, wusste ich nicht, aber ich ließ nicht los.

Am Tag darauf schlich ich noch einmal in den Geräteschuppen, um den Karton ungestört zu untersuchen. Nachdem ich die Tür hinter mir geschlossen hatte, blieb ich wie angewurzelt stehen.

»Überall?«, fragte Marco später beim Schwimmen.

»Überall, echt überall.«

»Wer, glaubst du, war's?«

»Keine Ahnung.«

»Dein Vater?«

»Nein. Der hat keine Zeit für so was. Der würde nie auf so was kommen.«

»Miriam?«

»Miriam!?«

»Hast recht. Und deine Mutter?«

»Sie hat's doch verboten.«

»Mauerfall war's bestimmt nicht – warst du's?«

»Idiot.«

»Echt! Warst du's?«

»Wieso sollte ich's dir dann erzählen?«

Er grinste schlitzohrig. »Damit ich's weiß.«

Wie viel Zeit verstrich, als ich im Schuppen stand ohne mich zu rühren, weiß ich nicht mehr. Aber mir kam es lange vor. Ich war mit Lesen beschäftigt. Er war überall, mein Bruder bevölkerte den Geräteschuppen. Da war *HANNES* in den Regalfächern. *HANNES* auf dem rostigen Motor des Rasenmähers. *HANNES* quer über die wacklige Trainingsbank. Schiefe *HANNES* auf Luftmatratzen und Autoreifen. Zierliche *HANNES* auf abgenutzten Taschen und Koffern, auf Sonnenliegen und alten Skiern. Sogar *HANNES* auf einem dreckverkrusteten Spaten, der an der Wand lehnte.

Ich setzte mich auf den kalten Steinboden und weinte.

Davon erzählte ich Marco nichts. Dann nahm ich einen schmutzigen Lappen und begann damit, *HANNES* wegzuwischen.

Vorerst behielt ich meine Entdeckung für mich. Wem konnte ich es schon erzählen? Mutter?

Keinesfalls.

Vater?

Zwecklos.

Miriam?

Um ihr Angst zu machen?

Marco. Es gab ja noch Marco.

Wie schon so oft half mir das beruhigende Geräusch der Hauptstraße einzuschlafen. Obwohl es im Winter wegen der Schneedecke gedämpft war, gab es einen ganz bestimmten, polternden Laut, sobald ein Auto auf dem Kopfsteinpflaster fuhr. Jetzt vermisse ich es an manchen Tagen, wenn ich erschöpft aufwache, als wäre ich in meinen Träumen weit gereist. Es half mir, wie jene altmodische Schwarzwalduhr Vater half. Sie war eines der wenigen Überbleibsel aus seinen Kindertagen und hing über dem Schreibtisch in seinem Büro. Man musste sie jeden Tag neu aufziehen. Manchmal wurde sie aufdringlich laut, ich meinte, sie durch die Tür zu hören, obwohl Vater schwor, sie würde immer gleich laut ticken. Mit ihrer Hilfe, erklärte er mir, könne er sich besser auf das Drehbuch konzentrieren. Er sagte, nach einer gewissen Zeit sei ihr Ticktack nicht mehr als ein beruhigendes Geräusch.

Die Hauptstraße in Segendorf war meine Uhr. Es machte jedes Mal Ticktack, wenn ein Auto an unserem Haus vorbeifuhr.

Als ich am darauffolgenden Tag fremde Stimmen in Vaters Büro hörte, klopfte ich, trat ein, ohne auf eine Antwort zu warten, und dann sah ich ihn: ein quadratischer Kasten, der den gesamten Schreibtisch für sich beanspruchte.

»Appa!«, rief Vater aufgebracht, eilte zur Tür und schloss sie hinter sich. »Ist Mama schon zu Hause?«

Ich antwortete ihm nicht, starrte auf den Bildschirm. Ein Helikopter flog auf ein Dickicht aus Wolkenkratzern zu. Seit Mutter unser altes Fernsehgerät zum Sperrmüll gebracht hatte, kam ich nur noch selten in den Genuss.

Vater packte mich an der Schulter. »Du hast nichts gesehen!«

»Warum hast du einen Fernseher?«

»Das ist mein Weihnachtsgeschenk«, antwortete er geknickt und schaltete das Gerät aus.

»Der Karton?«

Er nickte. »Wie soll ich denn ein Drehbuch schreiben, wenn ich nicht fernsehen darf?«

Das leuchtete mir ein. Für mich war nur noch eine Frage offen: »Kann ich mitgucken?«

»Du darfst keinem davon erzählen. Das musst du versprechen«, bläute er mir ein, »keine Ahnung, was passiert, wenn sie es herausfindet.«

Mauerfall formte eine Acht, als sie schnurrend um seine Beine strich. Ich fragte mich, von welchen Geheimnissen unsere Katze sonst noch wusste. Ihr verheimlichte niemand etwas; mich selbst störte es kaum, wenn sie im Bad unter dem Waschbecken saß, mich mit leuchtend gelben Augen fixierte und ihren Schwanz wie ein Metronompendel im Takt bewegte.

»Ich verspreche es«, sagte ich und Vater atmete erleichtert aus.

»Komm, Appa. Das musst du sehen.«

Von nun an trafen wir uns täglich. Wir waren Komplizen, die eine geheime Leidenschaft teilten. Vater verfolgte Politsendungen ebenso konzentriert wie Spielfilme. Ich sah gerne fern, wenn ich aber zusammen mit Vater fernsah, war es mir wichtiger, ihn zu sehen. Vater sah fern und ich sah Vater. Ertappte er mich dabei, wie ich ihn musterte, lächelte er und *sah* mich. Und das waren die besten Augenblicke in diesem Winter: wenn wir uns sahen.

Mehr Zeit verbrachten wir allerdings damit, Mutters Zimmer fertigzustellen. Besuchte mich Marco, bat Vater gewöhnlich ihn um Hilfe; mein Freund besaß, was praktische Fertigkeiten anging, mehr Talent als ich.

Vater tätschelte Marcos Schulter, steckte ihm sogar etwas Geld zu. Mir trug er einfachere, weniger technische Arbeiten auf: Ich sorgte dafür, dass Mauerfall sich von Gips fernhielt (er schien ihr zu schmecken), schmierte ein paar Brote, sortierte Nägel oder Schrauben und redete auf Miriam ein, die sich nur schwer davon überzeugen ließ, dass wir ihre Unterstützung nicht benötigten. Dafür wurden meine Schultern allerdings nicht getätschelt. Und Geld sah ich auch keins. Ich sehnte mich zurück in Vaters Büro, bei laufendem Fernsehgerät. Gerne wäre ich zum Spielplatz gegangen, um allein auf dem Karussell zu schweben, aber draußen schüttete es. Es schwebte sich nicht gut im Regen.

Also ging ich in mein Zimmer und aß Baumkuchenspitzen, bis Marco ging und mir ein wenig schlecht war.

Später nahm ich ein Paar Socken aus dem Kleiderschrank und betrat das Bad. Das Licht brannte noch, die Luft war feucht und warm. Kurz zuvor musste jemand geduscht haben. Ich sperrte die Tür ab, knöpfte meine Hose auf – da sah ich es. Sechs Buchstaben auf dem beschlagenen Spiegel.

HANNES

Vater klopfte an die Tür. »Appa? Mach schon auf.« Schnell nahm ich einen Waschlappen und wischte es weg. Ich öffnete ihm. Im Bademantel und mit einem Handtuch über der Schulter betrat er das Bad.

»Du hast geduscht?«, fragte ich.

»Ja.«

»Du hast als *Letzter* geduscht?«

»*Ja.* Ich fühle mich gerne sauber, wenn ich schreibe.«

»Hast du was im Spiegel gesehen?«

»Was stellst du denn für komische Fragen? Du verbringst zu viel Zeit mit deiner Schwester.«

Blieben nur Mutter oder Miriam. Beide bekämpften Hannes' Abwesenheit auf ihre Weise. Miriam behandelte Mauerfall liebevoller, als sie je mit Hannes umgegangen war. Sie war geduldig mit der Katze und die Einzige von uns, die nie von ihr gekratzt wurde. Natürlich kommunizierte sie mit ihr nur über Fragen; schließlich war das der erste Spielkamerad, den es nicht störte, wenn sie ihm zu viele stellte.

Und Mutter beschäftigte sich mit allem. Außer Hannes. Der Laufstall, Lego Duplo, Rasseln, Kinderbücher mit kartondicken Seiten und dieses Plastikzeug, auf dem er herumkauen sollte, für seine Milchzähne, der Kinderwagen, die Strampelanzüge – Mutter wollte es verschenken oder weggeben. Es war nicht leicht, sie davon zu überzeugen, die Sachen in seinem Zimmer zu lagern. »Vorerst«, sagte sie und bestand darauf, alles ohne unsere Hilfe dort zu verstauen.

Danach sah der Raum aus, als wäre Hannes noch am Leben.

Er geisterte durch unser Haus. In meinen Schulheften lauerten mir flüchtig hingekritzelte *HANNES* auf – ich übermalte sie. Auf meinem Bettpfosten, dem Türrahmen von Vaters Büro, dem Fenster im Kinderzimmer oder dem Hahn im Badezimmer stand *HANNES* – ich scheuerte ihn weg, ständig in der Angst, von Mutter erwischt zu werden. Kleine *HANNES*-Zettel lagen auf meinem Kopfkissen oder im Kühlschrank, sie steckten in meinen Socken oder zwischen Wurst und Käse in meinem Abendbrot – ich warf sie in die Mülltonne. Ich jagte *HANNES*, getrieben von der Angst, Mutter könnte ihn entdecken – und was dann? Ich vernichtete *HANNES*, wo auch immer er auftauchte, bis ich mir sogar einbildete, ihn im Geäst des kahlen Apfelbaums in unserer Einfahrt zu lesen. Als Vater, Marco und ich Mutter ihr neues Zimmer präsentierten, stolperte ich absichtlich über ein paar Schraubenschlüssel, die am Boden verstreut lagen und ein H und ein N bildeten – und war das dort drüben nicht auch ein A und das gleich daneben ein E?

»Tut's weh?«, fragte Marco besorgt und half mir auf.

»Ein bisschen zugig hier«, sagte Mutter und rieb sich die Oberarme.

»Unmöglich«, meinte Vater, »ist alles abgedichtet – Marco? Hast du an die Rückwand der Einbauschränke gedacht?«

»Rückwand?«, fragte Marco verblüfft. »Welche Rückwand?«

»Appa«, sagte Vater, »ich hab dich doch gebeten, Marco zu sagen, er soll die Rückwand isolieren. Sie grenzt direkt ans Mauerwerk und das ist *nicht* isoliert.«

»Das hab ich Marco auch gesagt«, verteidigte ich mich, »zweimal.«

»Hast du nicht!«, rief Marco.

»Doch, doch! Ich hab's dir gesagt. Gestern, nach dem Schwimmen!«

»Echt?« Es war nichts Schlitzohriges in seinem Blick.

Ich nickte. »Echt.«

Selbstverständlich hatte Marco nichts vergessen. Sagen wir, es war mir zufällig entfallen, ihm auszurichten, dass er die Wand isolieren sollte. Schließlich konnte ich nicht zulassen, dass Marco, sosehr ich ihn auch als Freund schätzte, der bessere Sohn von uns beiden war. Paps war *mein* Vater.

Beim Abendessen sprach keiner mehr über Tapeten oder Abdichtungen. Mutter tischte Penne mit Pilzsoße auf. Während sie den Salat aufteilte, fiel mein Blick auf Miriams Teller. Ich sah einundzwanzig Nudeln, die sich auf ganz spezielle Art an Stellen berührten, wie sie es nicht durften. Einundzwanzig Nudeln, die Mutter dazu bringen könnten, die Salatschüssel fallen zu lassen, nach draußen zu rennen und nie zurückzukehren. Mit meiner Gabel machte ich aus *HANNES* einen unleserlichen Wirrwarr. Miriam lächelte mich gelassen an.

Gut, ich hatte sie verdächtigt, sie an ihrer mädchenhaften Schreibart erkannt und nur darauf gewartet, sie auf frischer Tat zu ertappen. Aber doch nicht jetzt! Ich stopfte das Essen in mich rein. Mutter freute sich und lud mir eine zweite, größere Portion auf den Teller. Miriam aß genüsslich und langsam. Hin und wieder zwinkerte sie mir zu.

»Dürfen wir aufstehen?«, fragte ich, als ich den zweiten Teller geleert hatte.

»Gibt's keine Nachspeise?«, fragte Miriam.

»Du wolltest mir doch was zeigen«, sagte ich zu ihr.

Sie sah mich verwundert an. »Zeigen? Was?«

»Na, du weißt schon.«

Mutters allwissende Augen drängten mich, alles zu beichten, jedes einzelne Mal, wenn ich seine Spuren verwischt hatte. »Los. Geht schon«, sagte sie heiter.

Ich packte Miriams Hand und zog sie hinter mir her, die Treppe nach unten.

»Spinnst du?«, fuhr ich sie an. »Was glaubst du, passiert, wenn sie das liest?«

Miriam zuckte mit den Schultern. »Komm.«

»Wo willst du jetzt hin?«

»Komm«, sagte sie noch einmal und stolzierte davon. Mir blieb nichts anderes übrig, als ihr zu folgen. Draußen stapften wir durch kniehohen Schnee, der ihr bis zur Hüfte reichte. Es war bereits dunkel. Miriam schob die Tür auf, und wir betraten den Geräteschuppen; im Winter war er kein angenehm kühles Gebäude, sondern ein gigantischer Gefrierschrank. Als wir die Tür hinter uns geschlossen hatten, holte ich tief Luft.

»Was soll das? Warum schmierst du seinen Namen überall hin?«

Trotzig verschränkte sie die Arme vor der Brust. »Ich schmiere nicht.«

»Das darfst du nicht machen. Mama wird weggehen, wenn sie es sieht.«

»Warum?«

»Sie hat uns verboten, seinen Namen zu sagen.«

»Aber ich hab ihn nicht gesagt.«

Hatte sie nicht.

Mit einem Mal kam ich mir sehr dumm vor. Und ich konnte mir nicht erklären, weshalb, aber ich fand, meine Schwester sah tapfer aus. Stolz.

»Trotzdem, du musst damit aufhören.«

»Wieso?«

»Weil sein Name nicht gut für uns ist.«

»Du sagst ihn nicht mal!«

»Wen?«

»*Hannes*!«

»Nicht so laut! Okay, pass auf. Willst du, dass Mama weggeht? Nein, oder? Dann musst du damit aufhören. Bald ist doch Weihnachten. Ich wünsche mir zu Weihnachten, dass du damit aufhörst. Machst du das für mich?«

»Warum darf ich nicht Hannes sagen?«

»Du kannst es ja sagen … in deinem Kopf.«

»In meinem Kopf?«

»Ja. Du kannst die ganze Zeit an Hannes denken. Das tu ich auch.«

»Du denkst an Hannes?«

»Ja … ja.« Was war das für ein Gefühl: traurig, aber glücklich. »Ich denke an ihn.«

»Dann mach ich das auch.«

»Gut. Versprich mir, dass du ihn nicht mehr schreibst.«

»Versprochen.«

»Ehrlich?«

»Ehrlich.«

Erleichtert strich ich ihr über den Kopf.

»Appa?«

»Ja?«

»Wirst du es ihnen sagen?«

»Nee.«

»Sie wären enttäuscht, oder?«

»Quatsch. Niemand wird enttäuscht sein.«

»Doch, Hannes. Hannes wird enttäuscht sein.«

Ich sah ihre dunkelblauen, neugierigen Augen und erkannte zum ersten Mal, wie hübsch sie war. Und noch etwas: Miriam *wusste*, was sie getan hatte. Das Einzige, was ich tun konnte, war, sie zu umarmen. Ihr Körper fühlte sich zerbrechlich an.

»Es ist kalt«, sagte sie und schenkte mir ein sanftes Lächeln.

Die Menschenformel, 1989

Einen Tag vor Weihnachten begleitete ich Marco wieder einmal nach Bad Tölz. Seine Nervosität vor jedem Schwimmtraining war mir ein Rätsel; für Marco gab es offenbar kaum etwas Erfreulicheres, als wenn er, nur mit einer Badehose bekleidet, etliche Bahnen zog und ich ihn dabei beobachtete. Solange ich dafür lebensechte, knapp bekleidete Frauen sehen durfte, hatte ich nichts dagegen. Wie immer saß ich am Beckenrand auf der Steinbank und grüßte zurück, wenn Marco vom Fünfer winkte. Leider war keine Frau anwesend, nur bierbäuchige Väter mit dürren Kindern. In einer unachtsamen Minute – ich betrachtete gerade verträumt die Spiegelungen in den Pfützen – packte mich jemand unter den Achseln, hob mich auf die Füße und warf mich ins Schwimmbecken. Sofort kam der Bademeister auf dem rutschigen Boden herbeigeschliddert, bemüht, seine Trillerpfeife zwischen die Lippen zu stopfen.

»Was treibt ihr da?«, wollte er von Marco wissen, der am Beckenrand thronte und auf das Ergebnis seines Streichs herabblickte: sein übergewichtiger, prustender Freund, der sich am Beckenrand festhielt, um nicht unterzugehen – das vollgesogene T-Shirt zog an mir.

»Nichts, entschuldigen Sie«, rief ich dem Bademeister zu, und er entfernte sich wieder, argwöhnisch dreinblickend.

»Siehst aus wie eine Qualle«, lachte Marco und zog mich aus dem Wasser.

Heftig schnaufend streifte ich das nasse T-Shirt ab. Alle Besucher konnten mich sehen. Ein halbes Dutzend Badegäste beobachtete uns, mir schien, als starrten sie vor allem meinen Bauch an. So ließ ich mich auch nicht lange bitten, als Marco mir vorschlug, mit ihm durchs Becken zu tauchen. Unter Wasser wäre ich fast unsichtbar.

Etwas später, ich föhnte mir gerade die Haare, öffnete Marco die Tür zu meiner Umkleidekabine. Erschrocken zuckte ich zusammen, schrie aber zum Glück nicht auf. »Was ist denn?«

»Hab gewartet«, murmelte er, an seinen Fingernägeln kauend; noch immer trug er seine Badehose.

»Auf was?«

»Wolltest mir doch den Witz erzählen.«

»Jetzt?«

Schulterzucken. »Warum nicht?«

Vater und ich hatten ihn bei einer Comedysendung im Fernsehen gehört.

»Steht einer am Alexanderplatz und ruft *Scheiß-Staat, Scheiß-Staat!* Kommt ein Polizist zu ihm und sagt: *Das können Sie aber nicht machen, hier so öffentlich protestieren.* Sagt der Mann: *Ich hab ja nicht gesagt, welcher Scheiß-Staat.* Der Polizist muss zustimmen. Am nächsten Tag steht der Mann wieder am Alexanderplatz und ruft *Scheiß-Staat, Scheiß-Staat!* Geht der Polizist zu ihm hin und legt ihm Handschellen an. Sagt der Mann: *Sie wissen doch gar nicht, welchen Staat ich meine.* Sagt der Polizist: *Ich hab mich erkundigt. Es gibt nur einen Scheiß-Staat!*«

Anstatt zu lachen, schloss Marco die Augen, sein Kopf schnellte nach vorn, unsere Nasen berührten sich. Er presste seine Lippen gegen meine, atmete durch die Nase aus, und ich spürte seinen schiefen Zahn. Ich blinzelte. Ich sah Marco, den hässlichen und starken, vor allem aber besten Freund, wie er mir seinen Bauchnabel präsentierte, wie er mir Kopfsprünge vorführte und mich dazu drängte, mit ihm zu schwimmen, wie er mir geduldig demonstrierte, wie man einen Nagel in die Wand schlug, wie er mit mir übers Wichsen sprach und darüber, Steffi Hauser zu beeindrucken, wie er mich vor Frotzeleien und Anfeindungen schützte und wie er mich beim Spielplatz ansprach.

Ich schämte mich.

Marco löste sich wieder von mir, bevor ich reagieren konnte, sah mich bestürzt an, als hätte ich etwas Ungeheuerliches getan, sagte: »Tut mir leid« und warf die Tür der Umkleidekabine zu. Als seine Mutter uns abholte, sprachen wir kein Wort miteinander. Ich wusste nicht, was sagen. Stumm hörten wir ihr zu, wie sie sich über die Angestellten des Edeka beschwerte. »Das Dosenfleisch steht jetzt im selben Regal wie der Thunfisch. *Stundenlang* hab ich danach gesucht!« Der Innenraum des Wagens schrumpfte und drückte mich näher an Marco heran. In Segendorf angekommen, verabschiedete ich mich rasch und vermied es, ihn anzusehen. Er stieg nach mir aus dem Wagen und bat seine Mutter vorzufahren.

»Musste das tun«, sagte er.

Ich nickte.

Marco boxte mir gegen die Schulter. »Schau mich an!«

Es war schwer.

»Man muss immer nach oben schwimmen, oder?«

»Vielleicht.«

Er presste die Lippen aufeinander, drehte sich um und ging.

Ich rief ihm nach: »Was machst du Sylvester?«

»Wieso?« Er spuckte aus. »Du?«

»Wir kaufen Knaller und Raketen und so.«

»Ich komm vorbei.«

Rückwärts entfernte er sich, mit einem schlitzohrigen Lächeln. »Okay.«

Ich winkte. »Okay!«

Wir haben nie darüber gesprochen.

Mutters Zimmer stellten Vater und ich, trotz der versäumten Abdichtung, noch am Dreiundzwanzigsten fertig. Nachdem sie es mit Umarmungen und Küssen gewürdigt hatte, bat sie uns um ein paar Minuten für sich. Vater schloss die Tür, damit sie ungestört sein konnte, und flüsterte: »Lasst uns den Kühlschrank holen.«

Der Lieferservice hatte ein Dutzend schwerer Kartons im Geräteschuppen abgestellt. Schon vermisste ich Marco und seine kräftigen Oberarme. Miriam feuerte uns leise an, während wir ächzend die Einzelteile nach oben schafften. Kaum hatten wir den letzten Karton in einer Seitenwand im Dachgeschoss verstaut, da rief Mutter: »Lasst uns mein Bett ins neue Zimmer tragen!«

Im Trubel der Vorbereitungen des folgenden Tages vergaßen wir, die Lebensmittel für den Kühlschrank einzukaufen.

»Macht nichts«, sagte Vater, »Hauptsache sie merkt, dass wir uns Gedanken gemacht haben.«

Auch Mutter machte sich Gedanken, vor allem über einen perfekten Heiligabend. Sie rührte und kochte, würzte und arrangierte bis zuletzt. Sie trug mir auf, die Joghurts aus dem (alten) Kühlschrank woanders zu lagern; ich steckte sie in den Schnee auf dem Balkon. »Da ist einfach kein Platz!«, fluchte sie, weil die Schüssel mit der selbstgemachten Kräutersauce in keines der Fächer passte – Vater grinste. Miriam deckte den Tisch, sie platzierte die Messer links der Teller, die Esslöffel unterhalb und die Spieße für das Fleischfondue steckte sie nach reiflicher Überlegung in die Salatschüssel. Als sie Mutter anbot, den Wein zu öffnen, griff ich ein. Dann eilte Mutter endlich nach unten, um sich zurechtzumachen, und wir begannen damit, den Kühlschrank aufzubauen.

»Der ist echt groß«, sagte ich, als wir fertig waren.

»Sehr groß«, sagte Vater stolz.

»Riesig«, sagte Miriam.

Es dämmerte bereits. Miriam blockierte eine Stunde lang das Bad. Großmutter rief an und bat jeden an den Hörer, um Weihnachtsgrüße auszurichten; Mutter wurde trotz des Aufwands, den sie betrieb, als Erste fertig. Endlich fanden wir uns alle im Dachgeschoss ein und bestaunten den bunt geschmückten Weihnachtsbaum, dessen Kerzen nun erstmals brannten und den Raum in ein freundliches Licht tauchten. Unter ihm stapelten sich zahlreiche verpackte Quader und Rollen. Ich kam mir vor wie Jim Hawkins beim Anblick eines Piratenschatzes.

Neben dem Christbaum ragte ein monströser Schrank auf, hinter grün schimmerndem Papier verborgen.

Um den Christbaum versammelt, sangen wir *Stille Nacht, Heilige Nacht*, *Ihr Kinderlein kommet* und *Oh du fröhliche*. Als kleines Kind hatte ich diese Lieder nicht gemocht; sie hielten mich davon ab, die Geschenke aufzureißen und in einer Ecke zu horten, aber mit jedem Jahr, in dem wir diese Tradition fortführten, gefiel es mir mehr, hörte ich aufmerksamer zu, sobald Vater, als Familienoberhaupt, die Passage aus der Bibel vorlas, in der die drei Könige das Kind, in Windeln gewickelt, vorfinden. Herausgeputzt und zurechtgemacht sangen wir, vier nicht gerade tadellose Stimmen, aber laut und deutlich und ohne Scham, einander im warmen Schein der Kerzen anlächelnd, sogar angrinsend, während Mauerfall zwischen den Paketen umherschlich. Im Dickicht der geschmückten Tannenzweige meinte ich Hannes' staunende Augen zu erkennen – ob Miriam ihn wohl auch sah?

Danach setzten wir uns und begannen mit der Bescherung. Vater nahm Mutter an der Hand und führte sie zum größten Geschenk. »Für dich.«

Mutter sah sich verlegen um, riss dann einen breiten Streifen Papier von der Front und erschien im Spiegel der Türen.

»Was ist das …«, flüsterte sie. Wir halfen, das restliche Papier zu entfernen; schließlich standen wir in einem Halbkreis vor dem Monstrum. Mutter öffnete ihn. Grelles Licht blendete mich; der künstliche, weiße Schein von zwölf Lampen flutete das Zimmer – das Kerzenlicht dagegen lächerlich. Ich blinzelte benommen, leuchtende

Flecken tanzten vor meinen Augen, und nur allmählich zeichneten sich gegen die Helligkeit wieder Körper und Gesichter ab.

Zuerst erkannte ich Vater; er schmunzelte, die Wartestellung für ein Lächeln.

Mutters Augen leuchteten, als saugten sie das blanke Weiß in großen Mengen auf – sie *sah durch Wände*. Sie sagte nichts darüber, wie gedankenlos oder überflüssig sie dieses Geschenk fand. Sie sagte nicht, welche Erwartungen oder Befürchtungen sie gehabt hatte – geschweige denn, ob sie sich bewahrheitet hatten. Sie sagte auch nicht, welche Bilder sie aus den weißen, kalten Fächern des Kühlschranks anfielen, Bilder, die sie bis zu diesem Abend hinter der Tür zu Hannes' Zimmer weggesperrt hatte. Wie leicht der leblose Körper ihres Sohnes gewesen war, die demütigenden Befragungen der Polizei, die missachtenden Blicke der Nachbarn; dass die Anstrengung, nicht an ihn zu denken, sie erschöpfte und nur diese Erschöpfung sie Schlaf finden ließ; warum sie keinen ihrer Schüler mehr aufrief, für uns *Mud Pad Prig* kochte, mit uns das Gärtnerplatztheater besuchte. Von all dem sagte sie nichts. Mutter fiel Vater nicht um den Hals, küsste ihn nicht, lächelte nicht, bedankte sich nicht, schlug nicht einmal die Kühlschranktür zu, sie sagte nur ein kleines, unschuldiges Wort, das größte Wort in unserer Familie, leise und nahe am Flüstern, ohne Betonung, trocken und stimmlos sagte sie: »Hannes.«

Und Miriam? Sie betrachtete Mutter. Dann rannte sie los, riss eine Schublade der Kommode auf, nahm etwas heraus, stürzte die Treppe nach unten und sperrte sich in Hannes' Zimmer ein.

Offenbar war ich wieder einmal der Einzige, der nicht gewusst hatte, wo der Schlüssel versteckt gewesen war.

Zu dritt folgten wir Miriam. Vor der Tür zu Hannes' Zimmer stehend, hörten wir sie laut heulen und keifen. Es krachte, sie warf Gegenstände durch den Raum. Mutter klopfte. »Komm raus, Miriam. Lass uns was essen.«

Ich wusste, es war an der Zeit, etwas zu unternehmen – aber was? Miriam schrie: »HANNESHANNESHANNESHANNESHANNESHANNESHANNESHANNESHANNESHANNESHANNES!«

Mutter lehnte sich mit dem Rücken an die Tür und ließ den Kopf sinken. Schluchzen – Vater verbarg das Gesicht in seinen Händen. Der Anblick machte mich wütend; ich sah weg. Das war nicht Long John Silver, das war kein Pirat. Nur ein einfacher Mann, dessen Schultern zuckten, der sich krümmte und hinter seinen Händen versteckte. Und ich war nicht Jim Hawkins, ich war nur der einfache Sohn des einfachen Mannes.

Mutter fuhr ihn an: »Reiß dich gefälligst zusammen!«

»Ich habe einen Fernseher gekauft«, sagte Vater gedämpft durch seine Hände, die er langsam senkte, »wir sehen jeden Tag fern, Jasper und ich. Wenn du nicht zu Hause bist.« Er atmete tief durch. »Weißt du, manchmal, wenn das Licht in einem bestimmten Winkel durchs Fenster fällt, spiegeln wir uns im Bildschirm. Das sieht dann ein bisschen aus, als würden wir durch Amerika reisen.« Mit dem Zeigefinger strich er sich übers Auge, als wäre etwas reingeflogen. »Und wir werden das nicht aufgeben.«

Leise begann Mutter zu flüstern, viele Worte, zu sich, wie in Trance, die ich nicht voneinander unterscheiden konnte; mehrmals meinte ich, Wortfetzen zu verstehen, darunter der Name meines Bruders und derbe Flüche, die ich nicht wiederholen will, ein Strom aus Widerwärtigkeiten – Gedankenscheiße.

»Staut sich manchmal an und dann – *wumm!* – kommt der ganze Mist auf einmal raus. Gedankenscheiße eben«, hatte Marco einmal gesagt, »macht meine Mutter einfach so. Kippt sich dann einen hinter die Binde und lässt alles raus.« Bei Frau Teubner, der gelangweilten, rundlichen Hausfrau, konnte ich mir gut vorstellen, wie sie Gedanken schiss. Aber nicht bei meiner Mutter, die ihre Haare zu einem strengen Zopf flocht, die jede Hauptstadt der Welt wusste und sich noch nie krankgemeldet hatte, die mir beigebracht hatte, wie man eine Krawatte bindet.

Mutter rührte sich nicht, Vater rührte sich nicht. Mutter stand hier – Vater dort. Es musste eine Verbindung her zwischen beiden, ein winziger Punkt, an dem sie sich berühren konnten.

»Komm raus, Miriam«, rief ich, »mach die Tür auf!«

Es war still geworden in Hannes' Zimmer. Aber vielleicht hörte ich auch nur nichts, weil sich Mutter und Vater nun gegenseitig anbrüllten.

Da sagte Marco: »Nach oben schwimmen.« Er war nirgends zu sehen, aber das war auch egal. Ich flüsterte: »Nach oben schwimmen.« Wiederholte: »Nachobenschwimmen.« Rief: »NACHOBENSCHWIMMEN!« Dann lief ich ins Kinderzimmer, nahm ein Blatt Papier und einen roten Edding. Ich zog die Kappe vom Stift, setzte ihn an und schrieb drauflos. Ohne Stocken floss es aus meinem Kopf in meinen Arm aufs Blatt. Ich schrieb nur einen einzigen Satz. Jeder Buchstabe brannte sich ins Papier, so schnell, dass ich die Worte erst las, nachdem ich sie geschrieben hatte. Sie waren das Beste, was ich kannte. Ich schob den Zettel unter der Tür zu Hannes' Zimmer durch. Es dauerte nicht lange, da klickte das Schloss, die Tür glitt langsam auf und …

»Scheiße!«

Das war weder Mutter noch Vater. Und ich hätte es mich nie getraut. Zwei hell und streng gesprochene Silben froren die Zeit ein. Jede Wette, dass sogar die Schwarzwalduhr im Büro ihr penetrantes Ticktack unterdrückte. Ein derart bissiger Tonfall war mir unbekannt, so kraftvoll und herrisch, so unwirklich wie ein neuer, grotesker Dialekt.

Miriam streckte einen Arm aus und deutete mit dem Zeigefinger auf Mauerfall, die auf der Treppe saß, als nächstes auf Mutter, danach auf Vater, auf sich, und zuletzt auf mich. Das war unangenehm, ich fühlte mich ertappt. Miriams Lippen bewegten sich kaum merklich, als würde sie etwas beschwören – Mutter und Vater verstummten, Mauerfalls Schwanz verharrte kerzengerade, und ich wagte es nicht, Luft zu holen.

»Wollen wir nicht Weihnachten feiern?!«, fragte und sagte meine achtjährige Schwester.

Mutter ging in die Hocke. »Hier versteht mich keiner.«

»Doch!«, schoss es aus Miriams Mund. Und noch einmal: »Doch!« Sie blickte in die Runde, prompt riefen Vater und ich: »Doch!« Aber mir kam es vor, als sagten wir das nicht aus freiem Willen, sondern weil sie es von uns verlangte. Ich war stolz auf meine Schwester, zugleich machte sie mir Angst. Ohne auch nur einmal zu blinzeln, nahm sie Mutters Hand, zog sie hinter sich her und legte sie in die von Vater. »Gebt euch einen Kuss!«

Unsere Eltern zögerten.

»Paps? Ich will, dass du Mama küsst!«

Vater seufzte, dann sah er Mutter in die Augen. Gerne hätte ich gewusst, was er in diesem Moment dachte. Hatte sich ein Traum erfüllt? Ein Wunsch? Ich weiß es nicht. Ich weiß aber, dass er sie mit beiden Armen an sich drückte und ihr einen Kuss gab, der so lange andauerte, dass er mir die Angst nahm, meine Familie zu verlieren.

Mutter beschwerte sich nie mehr darüber, dass Vater heimlich einen Fernseher besorgt hatte. Sie stellte nur eine Bedingung: das Gerät dürfe sein Büro nie verlassen. So hatte Vater sein Büro (und ich auch) und Mutter ihr eigenes Zimmer. Miriam benötigte keins, den Raum, den sie besaß, trug sie mit sich herum; ihr Kopf war das größte Zimmer.

Ein Raum für uns alle war Hannes' Zimmer. Zumindest an diesem Heiligabend, als wir die Weihnachtsfeier dorthin verlegten. Das Rindfleisch war zart, aus den Saucen schmeckte man jede Zutat heraus, Rosmarin, Schnittlauch, Thymian, das Baguette hatte eine knusprig-braune Kruste und dampfte, wenn man es aufbrach; Vater ließ mich sogar einen Schluck Wein probieren, hauptsächlich sauer, ein wenig süß und doch bitter. Hinter dem Fenster schneite es traurig, wenige Schneeflocken segelten langsam zu Boden, aber davon ließen wir uns nicht ablenken. Wir spießten auf, hielten das Fleisch ins siedende Öl und schlemmten. »Besser als Hershey-Schokolade«, schwärmte Vater. Die blaue Gasflamme unter dem Kochtopf tanzte lustig und wir aßen, bis sämtliche Teller leergeräumt und die letzte Saucenschale mit dem letzten Stück Brot saubergewischt war. Vater erzählte jenen DDR-Witz, und Mutter kriegte sich vor Lachen gar nicht mehr ein. Dieses Lachen, ein freies, fröhliches Lachen, das mir so fremd war.

Als es spät wurde, schlief Mauerfall im Kinderwagen. Wir hatten unsere Geschenke ausgepackt; Miriam war vertieft in ein Lexikon, ein dickes Buch mit silbernem Einband; Vater fuhr mit dem Finger die Route 66 in einem Rand-McNally-Straßenatlas der USA nach; mein Hannes wühlte in dem Spielzeug, das in seinem Zimmer lagerte; ich spielte Gameboy und zerstampfte als Supermario Pilze und Schildkröten; Mutter befestigte das Papier, auf das ich den einen Satz geschrieben hatte, an der Tür. Sie sah nicht durch Wände, sie las die Menschenformel. Miriam hat ihm diesen Namen gegeben, und ich finde, es gibt keinen besseren. Mutter las:

Miriam + Jasper + Mama + Paps + Hannes = Familie

Und sie sah überzeugt aus, so überzeugt. Sie glaubte daran.

Von draußen hörte ich das Ticktack der Schwarzwalduhr, mal deutlicher, mal schwächer, doch letzten Endes ein Klang, der mich in einen sanften Schlaf begleitete.

SIMON

1

Er legte den Kugelschreiber beiseite. Seine Hand war verschwitzt und fühlte sich starr an; er schüttelte sie, als müsste er sie wecken. Danach brachte er die auf Angelas Bett verteilten Seiten in die richtige Reihenfolge. Es fiel ihm schwer loszulassen. Hin und wieder sprach er einen der Sätze, die er noch einmal las, laut in den leeren Raum, und bei manchen konnte er sich nicht daran erinnern, sie geschrieben zu haben.

Beim Löffeln einer Schüssel Müsli in der Küche erinnerte er sich an eine Melodie, die er irgendwo aufgeschnappt hatte; und obwohl er fand, dass sie eher zu einem unbeschwerten Frühlingstag passte als zu diesem nasskalten zehnten Oktober, summte er sie und hielt erst inne, als Katrins und Erichs Stimmen im Hausflur hallten. Es ging auf zwei Uhr nachts zu, wo waren sie so lange geblieben? Danach zu urteilen, wie oft sie den Namen des anderen ausriefen und einander ins Wort fielen, war es kein einvernehmliches Vater-Tochter-Gespräch.

»Es ist nur ein Gedicht, Erich!«, kläffte Katrin.

Erich betonte: »Ein Liebesgedicht!«

»Oh bitte! Das ist ›Heidenröslein‹ als Allerletztes. Hörst du nicht zu? Darin geht es um Vergewaltigung!«

»Na, siehst du! Das ist ein Beweisstück! Dafür, was für eine Scheiße dieser Thelen mit eurer Mutter anstellen wollte.« Er räusperte sich. »Angestellt hat.«

»Blödsinn. Niemand hat sie angefasst. Das weißt du genau.«

»Vielleicht hat sie es nicht zugelassen, hm?«

Pause. So leise wie möglich stellte er die Schüssel Müsli ab und näherte sich der Tür, bis er die Fransen des Teppichs erreicht hatte.

»Philipp Thelen hätte sie nie angefasst«, sagte Katrin nun in einem ruhigen, beschwörenden Tonfall.

»Woher willst du das wissen?«

»Ich kannte ihn. Früher.«

»Klar, du und deine verkorksten Freunde.«

Es klatschte. Eine Ohrfeige, zweifelsohne.

»Tut mir leid«, murmelte Erich, »mein Fehler.«

Er wollte zu ihnen gehen und sie umarmen und den Streit beenden. Aber der Teppich versperrte ihm den Weg. Da sagte Katrin: »Versprich mir, dass du den Brief wegwirfst. Das alles ändert doch sowieso nichts mehr.«

»Und Philipp Thelen?«

»Ist das so wichtig? Ich glaube nicht, dass einer wie er abtaucht. Vielleicht ist er tot.«

Wahrscheinlich bildete er sich das nur ein, doch bei diesen Worten klang seine Schwester ungemein erleichtert.

Ehe die Tür aufgeschlossen wurde, eilte Simon zurück in die Küche, nahm seine Müslischüssel und tat überrascht, als sie die Wohnung betraten. Auf seine Frage hin, weshalb sie so spät waren, drehte sich Erich um, öffnete den Kühlschrank; Katrin zuckte mit den Schultern, lief in ihr altes Kinderzimmer und schloss die Tür hinter sich so deutlich, dass er ihr nicht folgen wollte. In der Küche strich sein Vater Quark auf ein Vollkornbrot und streute ein wenig Salz darüber. Er setzte sich zu ihm. Bald störte ihn das feuchte Geräusch, wenn Erich den Mund öffnete oder schluckte oder das leise *Klack-Klack-Klack* der Zähne, und dennoch blieb er noch für eine Weile stumm sitzen. Ihn interessierte zwar, was es mit dem Heidenröslein auf sich hatte, wissen wollte er es jedoch nicht. Solange die beiden es für sich behielten, würde er schweigen und keine Fragen stellen. Katrin hatte schließlich recht: Das alles änderte doch sowieso nichts mehr.

Er hatte Erich eine gute Nacht gewünscht und wollte sich gerade die Zähne putzen, da hörte er hektisches Atmen, das aus dem Wohnzimmer kam. Katrin kniete am Boden, mit den Fingerspitzen einer Hand berührte sie die Fransen des Teppichs; erschrocken zuckte sie zurück, als sie ihn bemerkte.

»Was machst du?«, fragte er.

Stumm winkte sie ihn zu sich. Er setzte sich mit vorsichtigen Bewegungen neben sie, als befänden sie sich am Rande eines Abgrunds. Katrin packte seine Hand, hob den Teppich an einer Seite an, und sie tauchten gemeinsam in das Dunkel. Er spürte etwas, eine Unregelmäßigkeit im Parkett, die auch ihm das Atmen schwer machte, aber Katrin zog ihn mit sich, darüber hinweg, tiefer. Erst danach wagten sie es, den Teppich beiseitezuschieben. Das Parkett wies keine Makel auf, wenig Kratzer, kaum Dreck in den Ritzen, aber sie entdeckten ein Polaroidfoto, das jemand – und sie beide wussten, wer – mit Tesafilm auf eine Leiste geklebt hatte: eine vollbusige Frau in einem Trachtenkleid, mit rosigen Wangen und erschöpftem Lächeln. Susanne, Erichs Freundin vom Osterfrühstück. Sie deckten das Foto wieder zu.

»Geht es dir gut?«, fragte er.

Wie befreit und entspannt Katrin plötzlich wirkte; etwas an ihrem Lächeln war anders, und sie sah ihm nun auch direkt in die Augen. Dabei hatte er immer geglaubt, Katrin sei die Gelassene und Unbeschwerte in der Familie.

Bald lagen sie nebeneinander auf dem Teppich und tauschten Anekdoten aus – in den meisten kam Angela vor –, die ihm erschienen wie unersetzbare Kostbarkeiten. *Erinnerungen* war die perfekte Bezeichnung; auch wenn sie nicht über Angelas Tod sprachen, an ihr Leben erinnerten sie sich, gegenseitig, und der Teppich unter ihnen kratzte und kitzelte und hielt sie wach.

Als sie zu Bett gingen, trieben bereits erste Sonnenstrahlen den Nebel von der Straße.

2

Gegenüber Miriam erwähnte er nichts von alledem. Er tat seinen Besuch in Bad Tölz als harmloses Familientreffen ab und verdrängte die Stunden an Angelas Grab, indem er Miriam ins abgedunkelte Schlafzimmer führte, es einen Tag und eine Nacht lang nur für einen Gang zur Toilette, trockenen Toast oder einen Schluck Leitungswasser verließ. So hätte das ohne Weiteres bleiben können: zwischen Miriam, Kopfkissen, Decken und vom fahlen Licht grau gemalten Wänden leben, bleiben, geschützt vor allem, das draußen lauerte.

Doch er musste wieder zur Uni. Er durfte sich keine Versäumnisse erlauben, zu keiner Zeit. Erich wusste vielleicht nicht viel über sein Studentenleben, aber er finanzierte es, und das war Grund genug, sich nicht gehen zu lassen. Wohl kaum wegen Gewissensbissen, die gab es nicht, sondern weil er so bald wie möglich der Phase entrinnen wollte, in der er von seinem Vater abhängig war. Außerdem hatte er ein Manuskript im Gepäck, ein ziemlich dickes Manuskript, das er im nächstbesten Seminar an der Schreibschule präsentieren wollte. Die *Menschenformel* umfasste so viele Seiten, dass er sie mehrmals per Hand nachzählte, weil er dem Computerausdruck nicht glauben wollte.

Beinahe eine Woche verging, bis er bemerkte, dass ihm etwas fehlte. Nach einem versalzenen Mittagessen erzählte ihm Miriam von einer Krise der Regierungskoalition, und sein Blick fiel auf das Fernsehgerät.

»Sollten wir ihn nicht in den Keller räumen?«, unterbrach er sie. Stirnrunzelnd sah sie sich im Zimmer um.

»Den Fernseher«, erklärte er, »sollten wir den nicht wegsperren?« Er sprang auf, schritt zur Tür, nahm den Schlüssel, hielt inne, drehte sich um. »Du bist einverstanden?«

Miriam hob eine Schulter und ließ ihren Blick ein zweites Mal durchs Zimmer schweifen. »Es ist deiner.«

»Gut, gut! Hilfst du mir tragen? In den Keller?«

Es blieb ihr gar nichts anderes übrig. Ihm gefiel die Idee, dass Miriam *seine* Miriam war. Für ihn gab es im Prinzip keinen Grund, sie einzuweihen. Aber er mochte den Gedanken, dass sie Fernsehgeräte grundsätzlich verabscheute. Wegen der Sache an sich: ein schwarzer Kasten mit grauer Glasscheibe.

Er fügte es gleich der *Menschenformel* hinzu: Miriam gesteht Jasper, dass sie es generell vermeidet, Bildschirme zu betrachten, besonders solange sie eingeschaltet sind. Denn manchmal erkennt sie Hannes in den Spiegelungen, wie er sabbernd auf ihrem Schoß sitzt, ohne zu wissen, was das bedeutet: sterben.

3

Wieder waren Miriam und er zusammen im Bett, als das Telefon klingelte. Er betrachtete ihre Brandnarben nun mit anderen Augen; in gewisser Hinsicht bewunderte er Miriam dafür. Es machte ihm nichts mehr aus, diese Stellen an ihren Beinen zu sehen, ganz im Gegenteil: behutsam strich er darüber, küsste sie, hielt sich daran fest. Und das Wissen über ihre Familie, was sie ihm alles anvertraut hatte, ohne von sich zu erzählen, machte ihn … nein … oder ja, doch, so weit konnte man gehen, die Sache als Glück zu bezeichnen. Es machte ihn glücklich. Er könnte ihr nun sagen, was seiner Mutter passiert war, und sie würde verstehen. Eine reizvolle Möglichkeit, auch wenn er es niemals tun würde; immerhin hatte er noch kein einziges Mal mit Erich oder Katrin darüber gesprochen.

Ohne zu zögern, nahm er den Hörer ab, als das Telefon später ein zweites Mal klingelte. Die von allen Nuancen befreite Stimme seiner Schwester: »Papa liegt im Krankenhaus.«

Diesmal begleitete ihn Miriam; er hätte ihr nichts erzählen sollen, das wäre besser gewesen, aber ein unbekanntes Verlangen, fast schon Neugierde, hatte ihn gedrängt, Miriam dafür zu belohnen, dass sie ihm eine Geschichte geschenkt hatte. Hier war also seine Geschichte: Sein Vater war in der Dusche zusammengebrochen, seine Schwester wartete auf die Diagnose der Ärzte, er saß zum zweiten Mal binnen weniger Tage im gleichen ICE, neben ihm Miriam, und an den verfluchten Haltestationen stieg weder jemand ein noch aus.

Als sie endlich den richtigen Flur im Krankenhaus erreichten, umarmte ihn Katrin, drückte ihr Gesicht gegen seine Brust und sagte ein paar undeutliche Worte, von denen nur die Wärme ihres Atems blieb. Für einen Moment vertrieb ihr Parfum den unangenehmen Geruch von Desinfektionsmitteln.

Man hatte Erich ein Schlafmittel verabreicht. Es war nichts Ernstes, sein Herzschlag war keinmal aus dem Takt geraten, das Problem lag woanders: Er hatte zu wenig gegessen. Eine ausgewogenere Ernährung würde solche Zwischenfälle in Zukunft verhindern. Bei dem Wort *Schwächeanfall* kam ihm der Gedanke, seine Eile sei übertrieben gewesen und die Not kleiner als zunächst dargestellt, doch die Augenringe in Katrins Gesicht sagten etwas anderes. Er bat sie, sich auszuruhen; sobald Erich aufwachte, würde er sie benachrichtigen. Katrins geringer Widerstand machte deutlich, wie erschöpft sie war. Zum Abschied küsste sie ihn auf die linke Wange und nickte Miriam entschuldigend zu.

Nachdem sie auf zwei klapprigen Stühlen Platz genommen hatten und ein stiller Augenblick verstrichen war, der ausreichte, um die Ausstattung des Flurs mehrmals zu erfassen – sieben Stühle, darüber ein Kreuz, eine Zimmerlinde, Halogenlicht, blaue Schildchen neben jeder Tür, Linoleumboden, ein Abstelltisch mit abgegriffenen Tageszeitungen, drei schmutzige Fenster mit Blick auf den Parkplatz –, kam ihm der Gedanke, Miriam zu fragen. Sich ihr zuwenden, vielleicht ihre Hände nehmen und sie fragen, einzig und allein aus der Überzeugung heraus, nichts anderes fragen zu dürfen, gar zu können. Sie wäre gewiss einverstanden mit seinem Wunsch, ihre Familie kennenzulernen, überschwänglich würde sie sein Gesicht mit Küssen bedecken, dass er noch lange die Berührung ihrer Lippen spüren könnte.

Wie es wohl wäre, Teil einer großen Familie zu sein? Er konnte es sich vorstellen: An einer Wand im Wohnzimmer hängt die Menschenformel, und zwar gerahmt, im Raum gemütliche Wärme, wie sie nur Kaminfeuer verbreiten, Erich und Katrin sitzen gespannt lauschend zwischen Jasper und dessen Eltern, er selbst versinkt fast in einem herrschaftlichen Sessel, so federweich, dass es einem schwerfällt, jemals wieder aufzustehen, zu seinen Füßen schnurrt Mauerfall genüsslich, mit der einen Hand streichelt er Miriams Nacken und mit der anderen blättert er sein brandneues Manuskript um, aus dem er seinen Liebsten vorliest …

Eine Krankenschwester mit Frauenbart riss ihn aus seinen Gedanken, als sie an seiner Schulter rüttelte und ihm mitteilte, Erich sei aufgewacht und vertilge bereits seine zweite Portion Dampfnudeln.

ANGELA

Da gab es Gräber, die zogen Hunde an wie Bäume. Wahrscheinlich lag das an den Pflanzen; Erika oder Winterheide standen bei vielen hoch im Kurs, aber die Mispeln an ihrem Grab übten keine große Anziehung auf sie aus. Ihr benachbartes Beet wurde mehrmals täglich von Vierbeinern heimgesucht, die keine Gelegenheit ausließen, ihr Revier zu markieren. Gerade noch rechtzeitig verscheuchte Simon einen Dackel, der ihrem Grab bedrohlich nahe gekommen war. Dann kramte ihr Sohn in seiner Hosentasche, holte eine Zeitungsseite hervor, strich sie glatt und legte sie vor den Grabstein. »Mein Geburtstagsgeschenk«, flüsterte er.

Am frühen Abend setzte Regen ein; das Papier sog sich voll mit Wasser, ihr Name darauf verschwamm, wie auch der schwarze Rahmen und die Abschiedsworte ihrer Familie. Regenschauer um Mitternacht weichten die Seite ein bis zur Unkenntlichkeit, zerrissen sie und zogen sie mit sich in die Erde, so dass Erich, der sie am Morgen darauf besuchte, die Todesanzeige nicht bemerkte. Er erzählte ihr, wie stolz er auf Simon war, neulich im Krankenhaus habe er seine Freundin Miriam kennengelernt, ein aufgewecktes Mädchen, aber selbstverständlich nicht so aufgeweckt wie Katrin. Zum ersten Mal seit Wochen erwähnte Erich Philipp Thelens Brief nicht, richtete keine Vorwürfe an sie; er ließ seine Hand einfach für eine

Weile auf ihrem Grabstein ruhen und verabschiedete sich nicht, bevor er ging.

Als es bereits dunkel wurde, schlich Katrin zu ihrem Grab; in der einen Hand hielt sie eine Taschenlampe, mit der anderen zerrte sie jemanden an dessen Lederjacke hinter sich her. Ein durchschnittlich großer Mann, unrasiert und blond, den Katrin inflationär oft mit einem seltsamen Namen ansprach: Lebölk; als wollte sie ihn damit provozieren. Selten redete jemand so viel an einem Grab. Katrin betonte, wie glücklich sie war, wie überaus glücklich, sprach von Liebe, jeder liebe den anderen mehr, mehr als er sie und sie ihn, nannte es Schicksal – dieser Meinung sei auch eine gewisse Tracy –, küsste Lebölk, ließ sich von ihm küssen und anfassen und vergaß ihre Taschenlampe, als sie Lebölk jubelnd in die Nacht folgte.

Die Batterien hielten so lange, dass Philipp das Licht ausknipste, als er in der Morgendämmerung einen Strauß Tulpen auf ihr Beet legte. Wie bei jedem seiner Besuche setzte er sich neben sie und zupfte an den Grashalmen, während er mit ihr plauderte. Keines der Worte verließ den Friedhof; Nebel fing sie auf, Morgentau hielt sie fest, Wind zerpflückte sie. Und am nächsten Tag, als die Sonne für Mitte November ungewöhnlich hell schien, war von diesem Moment nur ein Fleck Rasen neben ihrem Grab übrig, an dem ein Labrador schnüffelte, bevor er sein Bein hob.

Danksagung

Von allen Menschen, die sich für mich eingesetzt haben, schulde ich Carolina Franzen den größten Dank. Ihre kritischen aber zugleich erhellenden Anmerkungen und ihr Vertrauen in dieses Buch bleiben unübertroffen.

Besonderer Dank gilt außerdem Anna, Antje und Ulla, deren liebevolle Unterstützung mir immer wieder aufs Neue den nötigen Schwung verlieh.

Und schließlich möchte ich von ganzen Herzen Til danken. Erst sein Optimismus verwandelte eine Hoffnung in einen Roman.

John von Düffel im dtv

»John von Düffels Art zu schreiben ist von meisterhafter Eleganz und berückender Aufrichtigkeit.«
Undine Materni in der ›Sächsischen Zeitung‹

Vom Wasser
Roman
ISBN 978-3-423-**12799**-8
Die Geschichte einer Papierfabrikantendynastie, erzählt von einem, der wie magisch angezogen immer wieder zum Wasser zurückkehrt.

Zeit des Verschwindens
Roman
ISBN 978-3-423-**12939**-8
Es gibt über jeden Menschen einen Satz, der ihn zerstört. Niemand darf ihn aussprechen …

Schwimmen
ISBN 978-3-423-**13205**-3
Das Schwimmen: eine Passion. Immer wieder verbinden sich im Wasser Sehnsucht und Angst, Schönheit, Gefahr und Triumph.

EGO
Roman
ISBN 978-3-423-**13111**-7
Ein Turbo-Egoist im Fitness- und Karrierewahn: eine irrwitzige Psychostudie. Rasant, komisch, scharfsinnig.

Houwelandt
Roman
ISBN 978-3-423-**13465**-1
und dtv-AutorenBibliothek
ISBN 978-3-423-**19133**-3
Der achtzigste Geburtstag des Patriarchen soll drei Generationen der Familie Houwelandt nach langer Zeit wieder zusammenbringen.

Hotel Angst
ISBN 978-3-423-**13571**-9
Die Geschichte eines magischen Ortes – Bordighera um die Jahrhundertwende der Belle Epoque.

Beste Jahre
Roman
ISBN 978-3-423-**13907**-6
Ein dramatischer Roman über spätes Elternglück.

Goethe ruft an
Roman
ISBN 978-3-423-**14218**-2
Goethe bittet den Erzähler, einen erfolglosen Schriftsteller, ihn bei einem Schreibkurs zu vertreten. Goethe heißt nicht wirklich so, aber wenn heute jemand Goethes Format hat, dann er …

Alex Capus im dtv

»Alex Capus ist ein wunderbarer Erzähler, für den alles eine Geschichte hat, für den die Welt lesbar ist.«
Süddeutsche Zeitung

Eigermönchundjungfrau
ISBN 978-3-423-**13227**-5
»Erzählungen, in denen die Schweizer Kleinstadt Olten zum Schauplatz einer brillant erzählten Comédie humaine wird. Große Literatur in der Tradition Tschechows.« (Daniel Kehlmann)

Munzinger Pascha
Roman
ISBN 978-3-423-**13076**-9
Die kunstvoll gewobene Geschichte zweier Reisen – die eine führt nach Kairo, die andere in das Innere eines gescheiterten Menschen.

Mein Studium ferner Welten
ISBN 978-3-423-**13065**-3
»Alex Capus sieht im Nichts der uninteressanten Stadt ein Biotop kleiner, halbwegs geglückter oder verunglückter Lebensgeschichten ...« (Elke Heidenreich)

Fast ein bißchen Frühling
Roman
ISBN 978-3-423-**13167**-4
Fernweh und Heimweh – die Geschichte zweier Bankräuber, die 1933 aus Wuppertal nach Indien fliehen wollten, der Liebe wegen aber nur bis Basel kamen.

Glaubst du, daß es Liebe war?
Roman
ISBN 978-3-423-**13295**-4
Die komische Geschichte eines geläuterten Sünders – des Betrügers und Kleinstadt-Casanovas Harry Widmer junior, der vor seinen Gläubigern nach Mexiko flieht.

13 wahre Geschichten
ISBN 978-3-423-**13470**-5
Witzig erzählt Capus von skurrilen Helden und abenteuerlichen Wechselfällen eidgenössischer Geschichte.

Léon und Louise
Roman
ISBN 978-3-423-**14128**-4
Zwei junge Menschen verlieben sich, aber der 1. Weltkrieg bringt sie auseinander – bis sie sich 1928 zufällig in der Pariser Métro wiederbegegnen.

Arno Geiger im dtv

»Arno Geiger schreibt große Literatur, mit jonglierender und doch so bodennaher Kunst wie man sie kaum findet im neuen Österreich oder sonst wo.«
Franz Haas in ›Der Standard‹

Schöne Freunde
Roman
ISBN 978-3-423-**13504**-7
Die phantasiereiche Geschichte eines Kindes, das auszieht, erwachsen zu werden. Ein Roman, der die Untiefen der menschlichen Seele berührt und doch durch und durch komisch ist.

Kleine Schule des Karussellfahrens
Roman
ISBN 978-3-423-**13505**-4
Ein moderner Schelmenroman von einem, der nichts vom Leben erwartet und doch alles will.

Es geht uns gut
Roman
ISBN 978-3-423-**13562**-7
Philipp Erlach hat das Haus seiner Großmutter in der Wiener Vorstadt geerbt, und die Familiengeschichte, von der er definitiv nichts wissen will, sitzt ihm nun im Nacken.

Irrlichterloh
Roman
ISBN 978-3-423-**13697**-6
Fünf Menschen auf der Suche nach der Liebe und sich selbst – ein wunderbar abgedrehter Liebesroman voll Witz, Drive und lodernder Phantasie.

Anna nicht vergessen
ISBN 978-3-423-**13785**-0
Über Liebesdesaster und Lebensträume, über Menschen, die nicht vergessen werden wollen: Arno Geigers brillante Erzählungen.

Alles über Sally
Roman
ISBN 978-3-423-**14018**-8
Alfred und Sally sind schon lange verheiratet. Das Leben geht seinen Gang, allzu ruhig, findet Sally. In einem Anfall von Lebenshunger beginnt sie ein Verhältnis mit Alfreds bestem Freund …

Der alte König in seinem Exil
ISBN 978-3-423-**14154**-3
»Eine Liebeserklärung an den Vater, vor allem aber ein großes Stück Literatur über das, was das Leben zu jedem Zeitpunkt lebenswert macht.« (Felicitas von Lovenberg in der ›FAZ‹)

Bitte besuchen Sie uns im Internet: www.dtv.de